鲁迅与许广平

以沫相濡

崔冬靖 / 著

中国文史出版社

图书在版编目（CIP）数据

鲁迅与许广平：以沫相濡 / 崔冬靖著.-- 北京：

中国文史出版社, 2019.12

ISBN 978-7-5205-1767-6

Ⅰ. ①鲁… Ⅱ. ①崔… Ⅲ. ①传记文学－中国－当代

Ⅳ. ①I25

中国版本图书馆 CIP 数据核字(2019)第 269965 号

责任编辑：金　硕

出版发行	中国文史出版社	
社　　址	北京市海淀区西八里庄路 69 号院 邮编 :100142	
电　　话	010-81136606 81136602 81136603 81136605(发行部)	
传　　真	010-81136655	
印　　装	北京温林源印刷有限公司	
经　　销	全国新华书店	
开　　本	650×940　1/16	
印　　张	10.25	
字　　数	152 千字	
版　　次	2020 年 2 月北京第 1 版	
印　　次	2020 年 7 月第 2 次印刷	
定　　价	32.00 元	

前　言

十月，是一年中最好的时节。

它不若十一月的云迷雾锁，十二月的雪虐风饕，一月的冰雪严寒，二月的风雨不定，三月的料峭春寒，四月的狂风走石，五月的雨打风吹，六月的暑气蒸腾，七月的铄石流金，八月的炎炎烈日，九月的萧瑟秋风。

它在湿润中带着一丝清爽，温暖中带着一丝清凉，烈日下带着一丝清风。多一分太多，少一分太少，正是秋高气爽，风轻云净的好时候。

最好的时节便该搭配最美的爱情。

鲁迅和许广平相遇在一个静谧的十月午后，清风徐徐，蝶舞花香。

此时的鲁迅已是赫赫有名的文坛巨匠，博览群书，学富五车，却并不风度翩翩。他其貌不扬，身上没有一点风流才子的风情，反而有着一段失败的婚姻。在事业中，他犀利、激进，是革命的前辈；但在爱情里，他还干净得如一张白纸，婚姻的枷锁让他深沉、绝望。

此时，年轻的许广平则是心存仰慕的高才学子，她风华正茂，却陷入了革命的漩涡。她热情积极，不矜不伐，不似平常女子悠扬含蓄。正是这样的性格决定了她和鲁迅之间的爱情走向。当鲁迅向她伸出援助之手，他就已成为她今后人生的避风港湾。

这对师生之间的间隔岂止千山万水，但爱情要来临的时候，从不设定条件。只是在某一时刻，毫无征兆地闯入人们原本或平静无澜，或痛苦不安的生活。从此，便深陷其中，不能自拔。于是，在那样一个风雨飘摇的时代，他们相爱了。

那个时代，民生凋敝，动荡不定，山雨欲来风满楼。

那个时代，民众觉醒，百家争鸣，国家不幸诗家幸。

在这时好时坏、忽明忽暗的时局中，鲁迅特立独行，时刻保持着清醒的头脑，想要为自己、为世人，争得一份安身立命之所。他尝试种种选择，最终弃医从文，以笔代刀，走上了同黑暗反动势力斗争的不归路。

他忧国忧民，劳心劳力，想要还这世界一份清明。虽不能一蹴而就，但他的努力和成果仍然是显而易见的。受过新式教育的他，为了民主与科学的新文化运动尽心尽力，其良性影响越来越大。一切都朝着他的目标一步一个脚印地前进。

然而，生命中总有那么一些事情不会十全十美。他在事业上越成功，就显得他的家庭生活越失败。

鲁迅曾试图掌控许多东西。他的喜好、事业、前进的方向，等等。当然，还有他最想掌控的婚姻。然而，他独独不能掌握的就是婚姻。他期待的婚姻，应以爱情为基础，两人志趣相投，同心协力。当他和朱安——一个裹小脚的旧式女子，在历经他"至孝"的母亲逼婚骗婚、最终走进封建社会包办婚姻之后，他们之间就已再无发展的可能。此后，他们的婚后生活了无生趣。爱情自不必提，这对夫妻之间连基本的思想和感情交流都是没有。

他挣扎过——但这种挣扎十分无力，得不到亲人的认可，包括他挚爱的母亲。

他反抗过——但他显然没办法去面对独自抚养他长大的母亲，这份恩情他无力偿还，他别无他法。

他逃避过——但躲得了一时，却躲不了一世，最终还是要面对。

他妥协过——但那素昧平生的女人根本不可能抹去身上封建礼教残留的痕迹，她再努力，也仍旧做不成能够和鲁迅并肩的"新"女性。

他做出了许多努力想要摆脱这段婚姻，但结果仍是被迫接受。他变得心灰意冷，于爱情无望。罢了罢了，便将这所有的力量都放入到与敌人的斗争中去；罢了罢了，为了守护心中的期望，孤独一生又何妨？

那是一个变革的时代，也是一个对妇女极度苛刻与极度包容并存的时代。

有一部分人提倡平等，竭力呼吁妇女解放。越来越多的女子走出家门，读书识字，不必裹脚，相夫教子不再是她们唯一的出路。她们可以有自己的事业，可以经济独立，也可以去革命，为国家贡献自己的力量。她们以自身实力证明，她们可以做得不比男人差。

但也还有一部分人，并不甘心那个时代的老去。他们极力地维护着封建传统那个可以称得上是自负的自尊，把一切新式女子的行为，都定义为大逆不道。他们不能接受女子的抛头露面，包办婚姻是他们最后的手段、最后的挣扎。

这两部分人势同水火。他们之间一直争议不断，且不论最终的输赢，在这个时代，他们都留下了属于自己的痕迹。

而许广平，深陷于这两股势力之中。

在一部分人眼中，她是标准的新式女子。读书识字，有思想，有抱负，积极地奔走于革命事业中。

在另一部分人眼中，她却是地地道道的大家小姐，传统世族，身份特殊，身上还有着碰杯为婚的约定。

在这两股势力的夹缝中，她的心灵受尽了挤压、摧残，但果敢的她以实际行动证明了自己的新式身份。扔聘礼、拒婚，做了许许多多女人想做却不敢做的事情。她终是为自己争得了一个自由之身。

她为了更高的梦想只身北上，遇到了朦朦胧胧的初恋。一切，看似很完美。但有什么心痛比得上因自己的疏忽而使爱人丧失性命？最可悲的是，一切在她都还不知道的时候，就已经来不及了。这段感情让她耿耿于怀，她悲痛、怨恨，却无济于事。她大哭一场，将过去永远埋藏心底。

他们本都是这世界上不算幸福的人。他们都曾对自由的爱情充满了希望，又遭遇了这世上最严酷的情感打击。如果没有遇见，鲁迅的私人生活一定是场悲剧，他今后的成就也许也会大打折扣；如果没有遇见，许广平也许会遇到一个同龄人，也许也能一起革命奋斗，但更可能在那个惨烈的争斗中早早地失去宝贵的生命。

但自从他们遇见，一切，都变了。

年过不惑的鲁迅如沐春风，脸上生硬严肃的痕迹不自觉就柔软了许多。

正值青春年华的许广平醍醐灌顶，迷茫焦灼的目光不自觉就带上了一抹坚定。

鸿雁传书，互诉情长。

他们该感谢那个动荡的年月，让他们能够同仇敌忾，共同患难。究竟谁是谁的后盾，没有人能分得清楚。于是，他们克服了种种困难，终于走到了一起。

不得不承认，作为男子，鲁迅把所有的坚硬都丢给了敌人，丢给了奋斗的事业，在感情方面，他便显得有些柔软。但历经了重重磨难之后，他终于也可以肯定地说：他，可以爱。尽管两人的差距永远也无法填补，但他们二人并不在意，这也许是一种别样的距离产生的美。

而许广平始终都是干脆直爽的，她深知爱情光靠缘分是不够的，要拼尽全力去争取。是她的热情感化了他。为了爱，她几乎牺牲了自己，几乎要变回闭门不出、相夫教子的"后院女子"。但许广平终究是不同的，即使在家中，她也在努力学习，永远地跟随着他的脚步，变成了鲁迅的左右手。他们创造了一份属于自己的天地，有了爱情的结晶。

这是他们曾经不敢期望、几乎放弃的东西。爱情何其奇妙！在你转身的某个时刻，它也许就在下个路口静静地等待你的来临。

为着鲁迅家里那个所谓的"妻子"，他和她遭受了许许多多的非议。

爱伴随着他们走遍了中国的许多角落，每个走过的城市，都能留下一段美好的爱情故事。

然而，他的老去终是不可避免。鲁迅独自离去，希望她忘了他。她焦躁不安，迷失彷徨。但许广平的心却始终跟随着他，无论在哪里，鲁迅都是她的师长，都是她的指明星。她的路还很长，但爱情正是继续走他未走完的路。况且他们的路，早在相遇的那一刻就已并为一条。从此以后再没有分叉口。

他们相识不过十三载，然而这短暂的时光是他们这一生中最幸福、最充足的时光。他犹如一片广阔的天空，有容乃大。她本可以做一尾鱼，遨游在属于自己的一方江湖河海；抑或是做一只自由翱翔的小鸟，穿越森林花海。但她仍然选择做他的云，为他的生命增添一道风景。

遇见，真是一个美丽的意外。

什么是最好的爱情？就似舒婷《致橡树》所说：

我如果爱你——

绝不像攀缘的凌霄花，

借你的高枝炫耀自己；

我如果爱你——

绝不学痴情的鸟儿，

为绿荫重复单调的歌曲；

也不止像泉源，

常年送来清凉的慰藉；

也不止像险峰，

增加你的高度，衬托你的威仪。

甚至日光。

甚至春雨。

不，这些都还不够！

我必须是你近旁的一株木棉，

作为树的形象和你站在一起。

根，紧握在地下；

叶，相触在云里。

每一阵风过，

我们都互相致意，

但没有人，

听懂我们的言语。

你有你的铜枝铁干，

像刀，像剑，

也像戟；

我有我红硕的花朵，

像沉重的叹息，

又像英勇的火炬。

我们分担寒潮、风雷、霹雳；

我们共享雾霭、流岚、虹霓。

仿佛永远分离，

却又终身相依。

这才是伟大的爱情，

坚贞就在这里：

爱——

不仅爱你伟岸的身躯，

也爱你坚持的位置，

脚下的土地。

鲁迅和许广平即是如此，不论鲁迅在文坛抑或是革命中取得了多少成就，许广平始终都不是单纯依附他的蔓藤。她独立、知性，她就守在他的身旁，没有任何人能取代她的位置。他们是师生，是战友，更是灵魂的伴侣。

　　那个年代，伴随着风风雨雨，已经远去。都说变化是这个世界上唯一不变的东西，人在变，物在变，就连那份真挚的情也永远留在了那个其实并不算太远的时代。但不必忧心，那最美的爱情已经绽放在那最好的时节中，幽香四溢，悠远绵长。

目录

鲁

迅

与

许

广

平

【敌忾同仇共患难】

【天涯海角思无尽】

鲁

迅

与

许

广

平

c o n t e n t s

【万世此心与君同】

落花时节始逢君

鲁迅与许广平

十月京都始相逢

何谓爱情？它缘何而起，又因何而止，我们始终不能窥其究竟。激情浪漫的爱情故事总是让人向往，而当激情浪漫褪去华丽的外衣，我们才会渐渐懂得爱情的极限是平淡的，两个人相依相伴一起经历生活的喜怒哀乐、酸甜苦辣、跌宕起伏，这才是爱情的真谛。

鲁迅和许广平的相遇毫无波澜壮阔，但却正如潺潺溪水，细水长流。

"哪个少年不寂寞，哪个少女不怀春。"

1923年10月13日，对于许广平来说却是值得永远铭记在心的一天。那一天，是北京女子高等师范学校新学期开学的第一天，时值鲁迅应校长许寿裳之邀来女高师讲授《中国小说史略》的课程。许广平于1922年考入国立北京女子高等师范学校，她和所有的女学生一样，对这位写小说赫赫有名的新先生充满了好奇与期待。上课的钟声刚刚响起，同学们三三两两的议论还没能收住，一个矫健的身影就已登上了讲台。教室内的嘈杂声因讲台上的身影戛然而止。坐在第一排的许广平仔细地打量了这位名声大噪的新先生，心中闪过一丝讶然。和鲁迅的名头相比，他的穿着相当朴素，并不似其他新派人物那样西装革履，一身暗绿夹袍搭一黑马褂，衣服已洗得有些发白，两者几乎褪成了相同的颜色。手腕上、裤子上、夹袍外许多地方都打着补丁，连皮鞋四周也满是补丁。但在鲁迅的身上，这些补丁并不显眼，反而成就了一种别样的气质。最引人瞩目的当属鲁迅那一头"冲冠怒发"——那有两寸长的平头，笔挺地竖立着。桀骜的发型搭配着一身朴素的衣裳，看上去有点滑稽，有人忍不住低声哂笑。

但这笑声并未持续很久，他一开口讲课，旁征博引，滔滔不绝，学生就一下子肃然了。他用带着浓郁的绍兴口音的"蓝青官话"讲起课来，声音抑扬顿挫，很快，学生们就被他深广博奥的知识、口若悬河的讲授吸引。没有一个人逃课，也没有人偷偷做听讲之外的事情。大家专心致志，整个教室一片肃静，除了鲁迅滔滔不绝的讲课声，只有笔尖与纸张之间细细的摩擦声。

坐在头排的许广平也毫无例外地被吸引了。她在讲台下凝视着兴致盎然的新先生，心中起了波澜。

这正是许广平与鲁迅的初遇。许多年后，回想起那天的场景，许广平还有一种恍如昨日，如沐春风的感觉。也许许广平的爱情在此时就已萌芽，但鲁迅对此却浑然未觉。何况那时的鲁迅早已尘封了自己的爱情，他只是专心致志地讲课。

鲁迅的课很受欢迎，每个星期一下午都座无虚席。许广平每每都抢占着头排的那个座位，在课堂上直率地向鲁迅提问题。鲁迅的回答总是让许广平的内心满足，她被他的分析、被他的博学而折服。这种有所追求的日子，让许广平觉得安心。

许广平出生于广州一个聚族而居的大家族，她降临人世三天就被父亲"碰杯为婚"，许配给广州一个姓马的劣绅家。许广平大约天生就该成为一个新时代女性，除却大部分南方女子的顺从温婉，她的性格中还饱含了一股坚韧的劲头，她学官话，不肯说土话，不肯缠足，不肯接受不自主的包办婚姻，父母对她毫无办法。尽管马家多次上门逼婚，但她最终还是扔掉马家的聘礼，在二哥的帮助下与马家解除了婚约。

1922年，许广平终于离开了那个让她压抑的封建大家族，北上求学。1923年她考入北京女子高等师范学校国文系。初到北京，在女高师读书的许广平结识了在北京大学就读的广东青年李小辉，他们是同乡、表亲，年龄相当。在异地他乡，两个人很快就从老乡之间的互相关心擦出爱情的火花。然而，爱情的道路总是充满荆棘。许广平患上了猩红热而不自知，李小辉来看望而被传染。病中的许广平常常想念李小辉，可当她病愈时听到的却是李小辉亡故的消息。他们之间的爱情还没来得及发芽，就已经被生生扼断。对好不容易脱离了封建家族而追求自由生活的许广平来说，那种打击可想而知，遗憾、愧疚，种种情绪萦绕在她的心头。

此后，许广平一心求学，想起爱情，她总有些许遗憾。

1924年4月，鲁迅的聘请期限正好满期，他便向学校提出辞职，可没想到学生却不答应，纷纷挽留。学生的热情让鲁迅深受感动，最终决定留下继续任职。很多年后，这一波三折，许广平回想起来，依然庆幸、欣喜。这庆幸、欣喜，不是毁了一座城池，挽救了一场爱情，而是心惊胆战、患得患失之间，离别终究没有发生，缘分你无须期待，该来的自然不会离开。

许广平与鲁迅的年龄相差十七岁。十七，对于他们来说是一个特殊的数字。在他们相遇的1923年，鲁迅已于十七年前奉母之命娶了朱安。他和许广平的相遇，迟了整整十七年，但爱情，从来都不晚。

鸿雁缘牵师生情

一个个学期过去，转眼还有一年就快毕业了，就学的时间逐渐减少，而直面着人生的开始却瞬间来临，在感到学识的空虚和处事应对事物的渺茫无所指引之际，许广平想到了自己的老师鲁迅。听了一年多鲁迅的课，鲁迅渊博的知识和正直的品格给许广平留下了很深刻的印象。她决定去向鲁迅写信求教，希望得到老师的指点。

决定给鲁迅写信前，许广平的内心几经挣扎。鲁迅虽是自己的师长，可毕竟是大有名气的作家，崇拜他的人有很多，许广平一方面既担心打扰到尊敬的师长，另一方面又担心鲁迅对她不理不睬，因此犹豫不决。她与好友林卓凤说了此事，林卓凤想到鲁迅平时的平易近人，就鼓励她，赞成她写信。

于是，许广平压下了心中的不安，抱着求知的信念，怀着对师长的信任，于1925年3月11日，寄出了给鲁迅的第一封信。

那封信也许是鲁迅众多学生来信中再平凡不过的一封，但就连许广平自己也没有想到，就是这样一封求教信，开启了她和鲁迅进一步沟通的大门。

　　怀着点忐不安的心情，许广平在那封信的开头这样写道："现在执笔写信给你的，是一个受了你快要两年的教训，是每星期翘盼着希有的，每星期三十多点钟中一点钟小说史听讲的，是当你授课时坐在头一排的座位，每每忘形地直率地凭其相同的刚决的言语，好发言的一个小学生。他有许多怀疑而愤懑不平的久蓄于中的话，这时许是按抑不住了吧，所以向先生陈诉。"

　　许广平的措辞有些小心翼翼，与她平时大大咧咧的性格颇为不符，不过，其中对鲁迅的仰慕之情并不难看出。写完后，她还不放心，先拿给林卓凤看，自己又反复修改了几遍，最终郑重其事地誊写了一遍才寄给了自己敬仰的老师鲁迅。

　　少女在懵懂间的情怀是最打动人心的。信送出去后，许广平写信时提起的勇气一下子消失殆尽，当天夜里甚至无法入眠。等待鲁迅回信的时间里，她还在反复回想自己的信中有没有什么不妥之处，生怕自己的语气过于焦急；又纠结着鲁迅会不会回信，会怎样回答她的问题，心中七上八下，紧张懊恼。

　　在许广平担心、纠结自己直白的语气是否过于突兀而紧张不安的时候，鲁迅已经收到了信，并立刻给她写了回信。鲁迅对于青年学生给予极大的热情与支持，况且对于许广平谈到的那些社会问题，鲁迅也时常感到苦闷，对此他做了详细的回复，谈了很多他自己处事的办法。他的话非常深刻，不只对许广平，对当时许多迷茫的青少年都有很重要的指导作用。

不知道是不是经常宽慰青年学生的原因，鲁迅的开解方式是轻松并带着一丝幽默的。他说人生的长途最易遇到的有两大难关，其一是"歧路"，其二便是"穷途"。面对这些困难，他的做法不是恸哭而返，而是"先在歧路头坐下，歇一会，或者睡一觉，于是选一条似乎可走的路再走，倘遇见老实人，也许夺他食物充饥，但是不问路，因为我知道他并不知道的。如果遇见老虎，我就爬上树去，等它饿得走了再下来，倘它竟不走，我就自己饿死在树上，而且先用带子缚住，连死尸也决不给它吃。但倘若没有树呢？那么，没有法子，只好请它吃了，但也不妨咬它一口。"

虽然看上去根本没有解决许广平的问题，但是这样以自身为例，加之这样的幽默甚至有点无赖的比喻，我们已经不难想象，许广平看到此处时大概也会忍不住笑出声来。

不过，鲁迅虽然为许广平指引了大的方向，却也自谦的并未确切回答她的问题，关于"糖"的问题，鲁迅说："我想，苦痛是总与人生连带的，但也有离开的时候，就是当睡熟之际。醒的时候要免去若干苦痛，中国的老法子是'骄傲'与'玩世不恭'，我自己觉得我就有这毛病，不大好。苦茶加'糖'，其苦之量如故，只是聊胜于无'糖'，但这糖就不容易找到，我不知道在哪里，只好交白卷了。"

鲁迅在信中絮絮叨叨了许多自己面对苦难的办法，但最后总结出来竟还是没有办法，不知道是不是他真的不擅长宽慰人心，但他的这种办法对许广平来说无疑是很管用的。

3月13日一早，忐忑不安的许广平收到了鲁迅的回信。鲁迅当时经常会收到一些青年的来信，出于对他们的关爱，鲁迅大部分都会予以回复。所以对于回信，许广平并不意外，但她没想到速度能如此之快。令她没想到的是，当她激动地打开信，首先映入眼帘竟是"广平兄"三个字。许广平平时多被人称"小姐"或"女士"，还从未被人这样称呼过，何况又是被自己心心念念的师长如此称呼。对此，许广平虽然一开始有些吃惊和手足无措，但心中更多的却是一丝沾沾自喜。能被称之为"兄"，许广平暗暗揣摩其中的意思，觉得这应是非常特殊的。看着鲁迅平易近人的信，她内心的忐忑不安逐渐消退，反而在心里不自觉地拉近了和鲁迅的关系，于是又更加积极主动地回起信来。

看见鲁迅信末所署的日期和她发信在同一天，许广平非常感动，也立即动笔回信。她在信里，首先就提到了鲁迅的称呼问题，"先生吾师，原谅我太愚小了！我值得而且敢配当'兄'吗？不！不！……绝无此勇气而且更无此斗胆当吾师先生的'兄'的。先生之意何居？"

许广平带着受宠若惊和诚惶诚恐的心情问出了"广平兄"的含义，又继续对学校情形、教育现状和人生道路提出了自己的看法和疑问。但因之前鲁迅的平和，她的语气也不自觉地变得俏皮亲切，丝毫不显生疏。

鲁迅仍旧很快回了信，信的开头，他向许广平解释了"广平兄"的称呼。他说："这回要先讲'兄'字的讲义了。这是我自己制定，沿用下来的例子，就是：旧日或近来所识的朋友，旧同学而至今还在来往的，直接听讲的学生，写信的时候我都称'兄'。其余较为生疏，较需客气的，就称先生，老爷，太太，少爷，小姐，大人……之类。总之我这'兄'字的意思，不过比直呼其名略胜一筹，并不如许叔重先生所说，真含有'老哥'的意义。但这些理由，只有我自己知道，则你一见而大惊力争，盖无足怪也。然而现已说明，则亦毫不为奇焉矣。"

看了鲁迅的解释，许广平非常高兴，感觉荣幸之至，也感到了自己的一点不同——又有哪个女孩子不希望自己尊崇的人待自己与众不同呢？

许广平对鲁迅的不同也是能够看得出来的："'兄'字的意思，不过比直呼其名略胜一筹"与"较为生疏，较需客气"者有别，二年受教，确不算"生疏"，师生之间，更无须乎"客气"而仍取其"略胜一筹"者，此先生之虚以待人欤？此社会之一种形式之必有存在价值欤？敬博一笑。这种"兄"字的称法，若属别人给我的，或者真个"大惊"，唯其是"鲁迅先生"给我的，我实不觉得有什么"可惊"，更不要什么"力争"，所以我说"此鲁迅先生之所以为'鲁迅先生'吾师也欤"的话。

在他们的通信中，鲁迅和许广平讨论了学校的教育问题以及社会黑暗的问题，同样急切的心情让他们的共同话语越来越多，书信来往也越来越密切，从3月11日到4月10日，几乎是三天一封信。当然，他们讨论的问题始终都是关于学校的情况和一些社会问题。鲁迅和许广平都感觉到两人的性情相投，两个人写信的语气也愈来愈放松。许广平也渐渐露出少女俏皮可爱的一面，署名也从原先恭敬的学生变为了"小鬼"。

当然，虽然写信增进了二人的感情，但这时候的鲁迅和许广平仍然维持着单纯的师生友谊。不过，感情这种东西，说不清道不明，就是在不知不觉中就埋下了伏笔，平淡相处的生活才能体现出真正的感情。正如鲁迅自己所说，他们的《两地书》中"既没有死呀活呀的热情，也没有花呀月呀的佳句"。但就是这样的无间交流，为二人的美好故事翻开了动人的篇章。

除了通信，鲁迅和许广平只在每周一的《中国小说史略》课程上会有见面，但那对他们的关系发展影响并不大。而这些信件就像是一粒粒种子，种在了两人的心间，只待阳光雨露即可发芽生长。当然，他们谁也不曾想过彼此如此志同道合，谁也不曾想过日后能走到一起，他们甚至都没有思考个人问题，只是在苦闷的生活中彼此寻求一丝慰藉，寻求一丝发泄。

在那样一个风起云涌的时代，最紧密无间的感情该属战友情。他是她最尊敬的革命导师，她是他最亲密的革命战友，他们有共同的目标，并为此并肩作战。

上门探视增情谊

自许广平给鲁迅写的第一封信起的一个月内，许广平写了六封信，而鲁迅几乎都是当天回信。他们的关系虽然还停留在师生关系，但显然他们的感情已经越来越亲密了。

谁也说不清楚，爱情的到来到底需要酝酿多久。许广平和鲁迅一直通信来往，维持着他们难得契合的师生情谊。鲁迅之于许广平，始终都蒙着一圈光晕，高大却不疏离。而许广平之于鲁迅，是简单却又最与众不同的学生，爽朗却不失柔软。究竟是谁，推开了爱情的心门？

在爱情世界里，女孩子往往更加大胆主动。和鲁迅的关系越来越默契，许广平的心中便有些蠢蠢欲动了。这促使她决定亲自去拜访鲁迅，去亲身体会自己所仰慕的老师的生活环境。

当时，受鲁迅的社会地位影响，来拜访他的人很多。鲁迅自己也非常愿意跟青年学生交流，学生们大多是热情并且充满奋斗力量的，鲁迅觉得他们能够互相学习，互相鼓励。不过，那时毕竟是新旧交替的时代，传统封建习俗并未被完全摒弃，来拜访鲁迅的女学生并不多，只有许羡苏和俞芬姐妹等同乡经常造访。所以，许广平的到来对鲁迅来说是突然和意外的。

鲁迅位于西三条胡同的家是一座不大的四合院，正屋坐北朝南共有三间，中间是吃饭及会客之地，两边是住房。东边住的是鲁迅的母亲，人们通常称她"太师母"；西边住的则是鲁迅所谓的妻子朱安，人们尊称她"大师母"。正厅后面向北延伸有一个平顶灰棚，大约十平方米左右，是鲁迅的书房兼卧室。灰棚的北面是一大面玻璃窗，窗外有一个小花园，种着许多花木，还养着几只鸡。院子里最显眼的是两株树，大约就是鲁迅在《秋野》中写到的"一株是枣树，还有一株也是枣树"吧。窗下摆着一张木板搭成的双人床。床边堆放着几个旧箱子。箱子上面的墙上挂着一张素描炭画。紧挨着箱子有一张旧书桌，还有一个旧藤椅和书架，书架上的书被一幅同样破旧的针织品遮挡着。书桌上面的墙上挂着两张照片，一张是日本人藤野先生，另一张是俄国人安特莱夫。床的西边摆着茶几和一张木椅，墙上挂着两幅画和一副对联。两幅画一幅是水彩画，另一幅是图书的封面海报。对联上则写着：望崦嵫而勿迫，恐鹈之先鸣。总之，鲁迅的家简单古朴，却也不失文人风雅。

1925年4月12日，距离许广平的第一封信正好一个月，许广平邀林卓凤同往鲁迅家。女仆为她们开门，将她们引入后面的灰棚前。那天，北新书局的老板李小峰和后来有名的作家章衣萍正巧也来拜访鲁迅，许广平来的时候，他们正在灰棚和鲁迅聊天，看到有人前来拜访，立刻就请辞离去。许广平对自己的冒昧来访有一点歉意，不过鲁迅热情的态度很快化解了她的尴尬。许广平认真地打量着小四合院的每一个角落，用心地感受着自己敬爱的导师生活的地方。

面对鲁迅先生的揭开了神秘面纱的工作室，许广平的心底已然存了一份了然。对于这位知名的导师，许广平一直崇敬有加，她也曾对鲁迅充满了幻想，觉得他该是不食人间烟火的。然而，以她这些日子对鲁迅的了解，已经不难猜到他生活环境的简单与朴素。正如鲁迅平时的衣着，简朴却大方，并时时散发着文人的气息。鲁迅的清苦感染着许广平，他在她心中的距离又拉近了一步。

鲁迅从那书架上方拿出了一个灰漆的多角形铁盒子，从中拿出两块沙琪玛分给她们，又为她们泡了茶。他的体贴不自觉地让人感到亲近，许广平也就不再拘束，三人一起谈论起学校中的人和事。这样面对面的交流，许广平和鲁迅不是没有，每周的中国小说史略课上，他们都会一起讨论问题；这样的对话内容，也不是没有，可以说几乎他们的每封信中都会涉及这些问题。可是，这次的当面谈话却带着一丝与众不同。他们的谈话带着强烈的认同感，许广平的心中不知不觉已起了涟漪。快乐的时光总是特别短暂，还未聊得尽兴，就已快到晚饭时分。许广平和林卓凤还要赶回学校吃晚饭，于是只好匆匆告辞。

这次的拜访十分短暂和匆忙，但对许广平和鲁迅的感情进展却至关重要。许广平见到了鲁迅的"妻子"朱安，若说鲁迅的朴素生活是她早已想到的，那这位大师母朱安则完全出乎她的意料。

朱安其貌不扬，岁月已在她脸上留下了不少痕迹，看上去已显苍老。大约因为没有什么共同话题，鲁迅对她的态度很冷淡，客人来了也并未介绍。朱安一看就是典型的旧式中国妇女，与人说话也显得小心翼翼，大概是扭捏而不爽朗的，这和许广平完全不一样。最主要的是朱安居然还裹着脚，走起路来颤颤巍巍。许广平倒并未歧视，只是觉得不可思议。在她心目中，鲁迅是那样的高大，那样的先进，她怎么也没想到陪伴在他身边的竟是一位旧式妇女。"不般配"是她对朱安的第一感觉，她心目中能够站在鲁迅身边的，必是一位佳人，懂得鲁迅的喜悦与哀愁，能与鲁迅共进退，至少，也该是能跟得上鲁迅的思想的人。而不是像朱安一样，用封建残余来束缚着鲁迅的心。

许广平不知不觉中产生了一丝遗憾与同情，这是之前的她所不曾有过的。鲁迅以前在她的心目中过于高高在上，但此刻开始，许广平更加觉得自己与鲁迅站在了对等的位置。鲁迅过得并不快乐，许广平看得出来，她对这位一直提倡新思想却对自己的妻子无能为力的导师有了怜悯。

回到学校后，许广平想起今日的"冒险"，反而不像在鲁迅家中那样平静，内心激动起来。不过，也许是因心中的这份忐忑与激动，她不知道该如何表达自己，在拜访鲁迅家后，许广平并没有立即给鲁迅写信。反而是鲁迅在许广平拜访后的第三天写信给她。有趣的是，鲁迅对于许广平的拜访居然也只字未提，字里行间甚至都没有透露出一点许广平拜访过的痕迹。不知道是不是经常有学生造访的缘故，鲁迅对她们的来访并未在意？不过，说不定鲁迅也有无法言说的时候，所以只好匆忙地掩盖过内心的一丝波动？

相对于鲁迅表现出的平静，许广平是大大不同的，那种激动的心情维持了好几天，她给鲁迅的回信中写道："'秘密窝'居然探险过了！归来的印象，觉得在熄灭了的红血的灯光，而默坐在那间全部的一面满镶玻璃的室中时，偶然出神地听听雨声的滴答，看看月光的幽寂；在枣树发叶结果的时候，领略它风动叶声的沙沙和打下来熟枣的勃勃；再四时不绝的'多个多个'，'戈戈戈戈戈'的鸡声：晨夕之间，或者负手在这小天地中徘徊俯仰，这其中定有一番趣味，其味为何？——在丝丝的浓烟卷中曲折的传入无穷的空际，升腾，分散，是消灭！？是存在！？（小鬼向来不善推想和描写，幸恕唐突！）。"

不知道是不是因许广平自以为"探险"得十分仔细，以及她轻快活泼的语气，勾起了鲁迅的玩心，他决定要逗一逗她，考一考她。他在信中写道："'小鬼'们之光降，我还没有悟出已被'探险'而去。但你们的研究，似亦不甚精细。现在试出一题，加以考试：我所坐的有玻璃窗的房子的屋顶，似什么样子的？后园已经去过，应该可以看见这个，仰即答复可也！"

鲁迅写信时大概只是玩心突起，他没想到许广平却果真回答得出他的问题，他的心中因此非常感动。

许广平在拜访时就仔仔细细地观察过那个小四合院，那日的印象已经深深地刻在她的脑海。她在信中回答得毫无差错："那'秘密窝'的屋顶大体是平平的，暗黑色的，这是和保存国粹一样，带有旧式的建筑法，在画学中美的研究，天——屋顶——是浅色的，地是深色的，如此才是适合，否则天地混乱，呈不安的现象。在'秘密窝'中，也可以说呈神秘的苦闷的象征，靠南虽然有门口，因为隔了一个过道的房子，所以表现暗的色彩，左右也不十分光亮，唯有前面——北——大片玻璃，这似什么呢？光的一部分就似喇叭口，其余那上下左右和后面就是喇叭管，后面——南——有点光线，喇叭的小口——发音机处——那面横断之亦有光线，从前后沟通之，这是什么解释呢？我摆起八卦阵，熏沐斋戒的占算一下吧！卦曰：世运陵夷，君子道消，逢凶化吉，发言有瘳。

解曰：喇叭之管，声带之门，因势利导，时然后言，夫人不言，言必有中。这是南无阿弥陀佛救苦救难观世音菩萨亲降灵签，适合于这'窝'的佳兆呢？还是这'窝'的风水好，发出这个应运灵馨的《莽原》呢？那不在本答案之内，就此结束。"

许广平对鲁迅一向非常孺慕，能够回答出老师的问题，她内心颇有一丝扬扬得意。于是扬言为了报复，她又俏皮地反过来要考一考鲁迅："此外小鬼也有一点'敢问'求答的——但是绝非报复的考试，虽然'复仇，春秋大义'，学生岂敢对先生仇而且想复，更兼考呢，罪过，罪过，其实不过聊博一笑耳——问曰：我们教室天花板的中央有点什么？如果答电灯，就连六分也不给，如果俟星期一临时预备夹带然后交卷，那就更该处罚了！其实这题目甚平常而且熟习，不如探险那么生硬，该可不费力吧！敢请明教可也！"

仿佛是许广平调皮的小算计一样，鲁迅接到这封信时已是星期一上午，无论如何都没有时间写好答案在下午上课前交给她。鲁迅只好无奈地认输，自认交了白卷，"这次试验，我却可以自认失败，因为我过于大意，以为广平少爷未必如此'细心'，题目出得太容易了。现在也只好任凭占卦抽签，不再辩论，装作舌头已经割去之状。唯报仇题目，却也不再交卷，因为时间太严。那信是星期一上午收到的，午后即须上课，更无作答的工夫，一经上课，则无论答得如何正确，也必被冤为'临时预备夹带，然后交卷'，倒不如拼出，交了白卷便宜。"

不难看出，鲁迅的这份无奈中颇有一丝宠溺的味道。

此时，两人信中的语言已与初期的信件大不相同。信任、亲切、俏皮、宠溺，种种感情掺杂在信件的文字之中，从"广平兄"至"小鬼"，以至双方的"测验"，都能够感受到双方的师生感情在不断地升华，他们的沟通话题有时虽沉重，但二人共同的话语却使得彼此的心境愈来愈轻松。不知道对许广平来说，和鲁迅的这份沟通交往，算不算也是她曾想要的苦难中的那点糖分呢？

风雨人生贵相知

鲁迅与许广平

良师益友解"苦闷"

　　1925年4月20日，距离许广平"探险秘密窝"已逾一周。那天是星期五，是鲁迅在女师大授课的日子，这堂课的授课内容是日本厨川白村的《苦闷的象征》，不过讲义却没能及时印刷出来。

　　鲁迅像往常一样走上讲台，刚要开始讲课，讲台下却传来了学生"先生，我们好苦闷"的声音。鲁迅还以为是在说《苦闷的象征》，可谁知学生反复说"觉得苦闷"。

　　鲁迅一头雾水，有些不知所措，还是许广平来为他解了疑惑："先生，今天天气难得的好，我们久困教室，感到苦闷，都想出去看看外面的春光。"

　　鲁迅这才恍然大悟，对此他颇感为难：毕竟是上课时间，他身为教师，怎么能任意妄为？但是他看着窗外春意盎然的景色，又看着许广平等学生眼中的向往与坚持，最终他下定决心，准备下课，让学生好出去品味春光。

　　仅仅是下课，学生并不罢休，又提出希望鲁迅带领大家前去。许广平时和鲁迅已很熟悉，更是带头强烈要求他同去。鲁迅思索了片刻，看着许广平坚定的眼神，看着大家满怀的期望，想到自己的责任与追求，最终，他答应了学生的请求，决定带大家去参观历史博物馆。

　　学生们听他同意，个个雀跃不已。鲁迅与许广平相互对视，从彼此的眼中看到了信任与喜悦。

　　许广平自己大概也没料到，这次罢课要求外出能如此顺利，没想到鲁迅能这样容易答应了大家的请求。她想到是自己的带头请求，虽然觉得自己的行为没错，但确实让老师感到了为难，对此她有些不好意思。于是，在当天从博物馆回来的晚上，她就提笔给鲁迅写信，对自己的行为做了一丝辩解。她语气间的亲切溢于言表，"今日讲堂的举动，太不合于Gentleman的态度了！然而大众的动机的确与'逃学'和'难为先生'不同，凭着小学生的天真，野蛮和出轨是有一点。回想起来，大家总不免好笑，觉得除了鲁迅先生以外，别的先生，我们是绝对不干的。"

　　鲁迅对于罢课的事情，很快回复了许广平，语气也颇为风趣："星期一的比赛'韧性'，我又失败了，但究竟抵抗了一点钟，成绩还可以在六十分以上。可惜众寡不敌，终被逼上午门，此后则遁入公园，避去近于'带队'之苦。我常想带兵抢劫，无可讳言，若一变而为带女学生游历，未免变得离题太远，先前之逃来逃去者，非怕'难为''出轨'等等，其实不过是想逃脱领队而已。"

　　对于这样的解释，许广平却并不满意，因为她看到即使是身为革命导师的鲁迅有时也难免会流露出一些"师道尊严"和"男女有别"的思想。

因此，她继续写信揶揄调侃鲁迅道："午门之游，归来总夹杂得胜的微笑，在洋车中直至学校，以至良久良久，更回思及在下楼和内操场时的泼皮，真是得意极了！人们总是求自我的满足的，何尝计及被困者的窘状，其实被困者那天心理测验也尽施行够了！命大家起立，以占是否多数，再下楼迟延，以察是否诚意，然而终竟被'煽动'了！在最新的分数计算，全对就满分，一半对一半错就抵消了一分也没有，如果全失败了（终被煽动了），自不待言是等于零。'六十分'？太宽了吧！那天何尝'被逼'而'失败'，其实'摇身一变'的法术还未凑上乘，否则变成女先生，就不妨'带队'——其实我的话是岂有此理，男先生'带队'有什么出奇——或者变成女……就不妨冲锋突围而出，可是终于'被逼'。这是界限分得太清的缘故吧？！是世俗积习之不易打除吧？！"

如此犀利的语言，鲁迅自然不肯承认，于是回信辩解道："割舌之罚，早在我的意中，然而倒不以为意。近来整天的和人谈话，颇觉得有点苦了，割去舌头，则一者免得教书，二者免得陪客，三者免得做官，四者免得讲应酬话，五者免得演说；从此可以专心做报章文字，岂不舒服。所以你们应该趁我还未割去舌头之前听完《苦闷之象征》，前回的不肯听讲而逼上午门，也就应该记大过若干次。而我的六十分，则必有无疑。因为这并非'界限分得太清'之故，我无论对于什么学生，都不用'冲锋突围而出'之法也。况且，窃闻小姐之类，大抵容易'潸然泪下'，倘我挥拳打出，诸君在后面哭而送之，则这一篇文章的分数，岂非当在零分以下？现在不然，可知定为六十分者，还是自己客气的。"

对于鲁迅扬言要给许广平"记过"，许广平反而非常得意："'不听讲而逼上午门'，是我们班中的特别本领，请问别的高徒有我们这般斗胆么，听说人家——师大北大——上先生的课，君君子子的，耗子见了猫似的，人们遇着夏日似的，而我们的是有仪可像而不必有威可畏，我们只捧出赤盘的火，和冬天的日相遇，我们感着儿童的天真，现在要'抄袭'起来了！我们是在'母亲的摇篮里'，有什么可怕的呢？来吧！'记大过'快来吧！这是母亲给予孩子的葡萄干呢！多多益善呀！"

鲁迅在信中还戏称许广平为"广平少爷"，没想到却因此引起了许广平的据理力争："现在确乎'力争'的时期到了！忝为'兄'长，行年耳顺，这'的确老大了吧！无论用如何奇怪的逻辑'，'并且'玩羊腺把戏的某某大家，还未令我'还童'以前，则时人怎识余心乐？竟谓偷闲学少年！而加以'少爷'二字于老人身上呢，要知道，叫老人造'小姐'，自然免不了辱没清白，但是尊之为'少爷'，也觉不得是荣幸的。现时所急需的，就是注重在一撇一捺上打地基，如其舍去了空间呢！自然地基在抛弃之列，那时人们都觉有地基的龌龊范围的可厌了！那么就大家一同毁灭这地基自然更好。现在呢！这地基姑且算是桥梁舟车之类的过渡品吧！至于红鞋绿袜，满脸油粉气的时装'少爷'，我还是希望'避之则吉'。先生何苦强人所难，硬派他做个老莱子七十戏彩呢！"

鲁迅也没想到许广平反应如此之大，于是赶紧写信回应她："本来还要更长更明白的骂几句，但因为有所顾忌，又哀其胡子之长，就此收束罢。那么，话题一转，而论'小鬼'之假名问题。那两个'鱼与熊掌'，虽为足下所喜，我以为用于论文，却不相宜，因为以真名招一个无聊的麻烦，固然犯不上，但若假名太近滑稽，则足以减少论文的重量，所以也不很好。你这许多名字中，既然'非心'总算还未用过，我就以'编辑'兼'先生'之威权，给你写上这一个罢。假如于心不甘，赶紧发信抗议，还来得及，但如星期二夜为止并无痛哭流涕之抗议，即以默认论，虽驷马也难于追回了。而且此后的文章，也应细心署名，不得以'因为忙中'推诿！试验题目出得太容易了，自然也算得我的失策，然而也未始没有补救之法的。其法即称之为'少爷'，刺之以'细心'，则效力之大，也抵得记大过二次。现在果然慷慨激昂的来'力争'了，而且写至九行之多，可见费力不少。我的报复计划，总算已经达到了一部分，'少爷'之称，姑且准其取消罢。"

此时的许广平与鲁迅，皆是语气调皮，不分长幼，亲密无间的状态已然显露无遗。而爱情最明显的前兆自然是两人的心意相通。在许广平和鲁迅不间断的通信和日常交往中，这对师生已经在他们都不自知的情况下，彼此相知，默契神会。而爱情最美好的时候也不过如此吧，无须过多言语，一言一行，一颦一笑，皆是倾盖如故。

患难之中情萌动

　　许广平与鲁迅之间的关心、理解与支持，并不是单一的，而是双向的。在不知不觉中，他们的感情早已超越了师生感情。他们互相关心，互相支持着对方。在许广平紧张斗争的时刻，鲁迅给予她最大的支持和精神鼓舞，而她也并未因此而忽视鲁迅的感受，也时时刻刻做鲁迅的后盾，做他的解语花。都说在爱情中，女性永远比男性更成熟一点。这大概也多少填补了鲁迅和许广平之间年龄差距的鸿沟。虽然许广平比鲁迅整整小了十七岁，但身为女性，那种细腻、贴心的特质却与生俱来。爱情，只有一个人付出是绝不够的。双方有意，方能持久。

　　因为两人越来越亲密的关系，鲁迅也开始向许广平打开了心扉，开始向她透露出自己或柔软，或无助的一面。他的苦闷、沮丧，也毫不介意地告知许广平，甚至还说出一些"自己看不见光明""寿终正寝"类的话。

　　鲁迅对许广平的不一般由此不难窥见一二。为了减少青年的负面情绪，与别人接触时鲁迅是几乎不提这些的。能对许广平透露出这样一丝情绪，就足以说明他对她的信任。

许广平虽然和鲁迅有着很大的年龄差距，思考问题的方式和鲁迅也不尽相同，但她用自己的方式来关心安抚着鲁迅。她在信中对鲁迅写道：

> 读吾师"世界岂真不过如此而已么？我还要反抗，试他一试"的几句，使血性易起伏的青年如小鬼者，顿时在冰冷的煤炉上加起煤炭，红红地在燃烧。然而这句话是为对小鬼而说的么？恐怕自身也当同样的设想吧！但别方面则总接触些什么恐怕"我自己看不见了""寿终正寝"……的怀念走到尽头的话，小鬼实在不高兴听这类话。据小鬼的经验说起来，当我卅岁的哥哥死去的时候，凡在街中见了同等年龄的人们，我就诅咒他，为什么不死去，偏偏死了我的哥哥。及至将六十岁的慈父见背的时候，我在街上更加添了胡子白须的人们只管在街头乞食活着，而我的阿父偏偏死去，又加增一部分的咀（嘴）诅咒。此外，凡有死的与我有关的，同时我就诅咒所有与我无关的活着的人。我因他们的死去，深感出死了的寂寞，一切的一切，俱附之无何有之乡。虽则在初师时凭一时的血气和一个同学呕（怄）气，很傻的吞了些藤黄，终于成笑话的被救。入女师大的第一年，我也曾因得猩红热而九死回生。但这两次自身的教训，和死的空虚，驱策我一部分的哲学，就是无论老幼，几时都可以遇着可死的机会，但是票子未来传到之时，不管三七二十一，我还是把我自身当作一件废物，可以利用时尽管利用它一下子，这何必计及看见看不见，正寝非正寝呢？如其计及之，则治本之法，我以为医学士的判断：

1.戒多饮酒，2.请少吸烟。

虽然和鲁迅看问题的方式不同，但许广平用自己的方式来抚慰鲁迅，尤其许广平甚至诉说了她父兄去世的痛苦体验，鲁迅无疑是非常感动的。不过他们之间的不同体会，鲁迅自己也思索过原因：

> 现在老实说一句罢，"世界岂真不过如此而已么？……"这些话，确是"为对小鬼而说的"。我所说的话，常与所想的不同，至于何以如此，则我已在《呐喊》的序上说过：不愿将自己的思想，传染给别人。何以不愿，则因为我的思想太黑暗，而自己终不能确知是否正确之故。至于"还要反抗"，倒是真的，但我知道这"所以反抗之故"，与小鬼截然不同。你的反抗，是为希望光明到来罢？（我想，一定是如此的。）但我的反抗，却不过是偏与黑暗捣乱。大约我的意见，小鬼很有几点不大了然，这是年龄、经历、环境等或不同之故，不足为奇。例如我是诅咒"人间苦"而不嫌恶"死"的，因为"苦"可以设法减轻而"死"是必然的事，虽曰"尽头"，也不足悲哀。而你却不高兴听这类话……

"年龄、环境、经历"的不同，这是他第一次提及两人的差距，也是横亘在他们之间迟早要面对的问题。因为这些差距的存在，鲁迅的心头多少有些郁闷，因此他苦闷的心情并没有因为许广平的劝说而改变。尽管他们思想进步走在革命的前端，但年龄的差距还是影响着他们感情的发展。鲁迅把这些问题也都讲给许广平听：

如来信说，"凡有死的同我有关的，同时我就诅咒所有与我无关的。……"而我正相反，同我有关的（地）活着，我就不放心，死了，我就安心，这意思也在《过客》中说过：都与小鬼的不同。其实，我的意见原也不容易了然，因为其中本有着许多矛盾，教我自己说，或者是"人道主义"与"个人的无治主义"的两种思想的消长起伏罢，所以我忽而爱人，忽而憎人；做事的时候，有时确为别人，有时却为自己玩玩，有时则竟因为希望将生命从速消磨，所以故意拼命的（地）做。此外或者还有什么道理，自己也不甚了然。但我对人说话时，却总拣择光明些的说出，然而偶不留意，就露出阎王并不反对，而小鬼反不乐闻的话来。总而言之，我为自己和为别人的设想，是两样的。所以者何，就因为我的思想太黑暗，但是究竟是否真确，不得而知，所以只能在自身试验，不能邀请别人。

但许广平却仿佛毫不在意一般，仍旧体贴地抚慰鲁迅的心灵，她继续写信劝诫他："自然先生的见解比我高，所以多'不同'，但是不必过于欢迎'阎王'吧！闭了眼睛什么好的把戏也看不见了！幔幕垂下来了！要'捣乱'，还是设法多住些时，褥子下明晃晃的钢刀，用以杀敌是妙的，用以……似乎……小鬼不乐闻了！"

许广平看到鲁迅那些消极的想法，心中焦急万分，再加上有些关于鲁迅厌世的流言蜚语，她更是不遗余力地劝说鲁迅。

鲁迅看到她如此焦急，赶快回复了她："其实我并不很喝酒，饮酒之害，我是深知道的。现在也还是不喝的时候多，只要没有人劝喝。多住些时，亦无不可的。短刀我的确有，但这不过为夜间防贼之用，而偶见者少见多怪，遂有'流言'，皆不足信也。"

虽然鲁迅并未有厌世自戕的想法，但许广平这种无微不至的关心仍然打动着他。许广平在他的心中，本就是天真活泼、大大咧咧的性格，如今却因为一些流言就注意他信中的只言片语，他早已被那片温柔的洞悉深深打动。

他们书信讨论的内容不再仅限于学校风潮和社会问题，也开始涉及双方的生活。双方的称呼也有了很大的改变，对许广平，鲁迅除了称她"小鬼"，还因为杨荫榆以"害群"的名义开除许广平而称她"害马"，有时还称她"少爷"。许广平除了"吾师""先生"外，偶尔还会称鲁迅"我的大师"。那亲昵的语气中，他们彼此爱护、关心，那种微妙的细腻情感、诚挚而动人。

红粉知己许羡苏

6月25日，农历端午节，鲁迅邀请许羡苏、许广平、俞芬、王顺亲四位小姐到家里吃饭。许羡苏和俞芬是鲁迅家的常客，王顺亲则和许广平是同班同学。

这里不得不提一提许羡苏，她是鲁迅身边的女人当中非常值得注意的一位，在鲁迅结识许广平前，二人的关系就已非常亲密。

许羡苏生于1901年，比许广平小三岁，是周建人在绍兴任教时的学生。1920年她随哥哥许钦文来到北京，想要报考北京大学。因北大的学生公寓不收留未入学的学生，她就找到周建人，临时寄住在位于八道湾的周宅。没想到没住几天，许羡苏却意外得到了鲁迅母亲的喜爱。老人都怕寂寞，况且由于口音方面的问题，鲁老太太常常苦于没人与她谈天。她的三个儿子都很繁忙，她身边虽有大媳妇朱安，但朱安不涉世事，他们之间也没有可谈的话题。二媳妇和三媳妇又都是日本人，更是无法聊天。许羡苏不但说一口道地的绍兴话，又因平时接触面广，知道很多绍兴的往事和北京的近事，所以她很能和老太太谈得来。她还帮着鲁老太太采购物品，人又乖巧，她很快就融入了周家的大家庭中。

暑假过后，许羡苏考上了北京女子高等师范学校，要搬到学校去住，鲁老太太非常不舍。所以每逢节假日，许羡苏都还是要到周宅来。1923年，鲁迅与周作人兄弟感情破裂，急需找房搬出。许羡苏主动帮鲁迅介绍，让他暂时住在砖塔胡同的俞芬家。俞芬是许羡苏的同学，也是周建人的学生。这替鲁迅解了燃眉之急。不止如此，周家的事，只要能帮到忙，许羡苏就像一家人一样不遗余力去做。

鲁迅也把许羡苏当作一家人，许羡苏的要求他都尽量满足。许羡苏相当新潮，考入女高师后，因一头短发差点被校长推出校门，还是鲁迅和周作人为她转圜，她才得以顺利入学。鲁迅当时在女师大和北师大兼有课程，许羡苏想转学鲁迅也亲自为她推荐办理。

许羡苏就像是这个家庭的成员一样，不但和老太太聊天，也做家务，有时还和鲁迅一起在后园种植花草。她会做绍兴菜，老太太对此赞不绝口。而且，鲁迅家的布料、针线，甚至洗衣皂、头油等日常用品都由许羡苏采购。她还了解每个人的口味，根据大家的喜好来购买一些食品，深受大家喜爱。鲁迅一家搬进西三条21号后，许羡苏和俞芬是鲁迅家常客，而且因为都能说绍兴话，她们特别得到老太太的青睐。每逢节假日，许羡苏就住在鲁迅家南屋里。许广平住进南屋前的那个暑假，许羡苏就一直在那里居住。

许羡苏对鲁迅家人的关心也是无微不至的。鲁老太太或者朱安生病，她总是陪同她们去医院，或者替她们去日本人开的山本医院请医生。许羡苏渐渐成为这个家庭中不可缺少的一员。如果鲁老太太能重新再选一次媳妇，想必她必定要选许羡苏无疑。这让许广平也从心底羡慕，有一次，许广平来拜访时，正巧一家人吃完饭闲谈的时候，鲁迅躺在他最爱的藤椅上，鲁老太太坐倚在床上，朱安则坐在门边的椅子里抽水烟，许羡苏坐在鲁迅与鲁老太太之间，一边聊天一边教鲁老太太打绒线。如此温馨和谐、其乐融融的场面，让许广平羡慕不已。

许羡苏对鲁迅更是关心、体贴。如果鲁迅咳嗽了，她立刻就会非常关切：要不要上街去买咳嗽药水？如果鲁迅胃痛了，她就着急地问：要不要灌个热水袋暖暖胃部？有一次，鲁迅病倒了，许羡苏始终在他身旁照应。鲁迅发热，却不肯上医院，她内心焦急，就主动要去请山本医生。鲁迅实在拂不过，这才及时找医生就诊。"三·一八"惨案后，执政府明令通缉鲁迅，鲁迅为此四处离家避难。在这期间，许羡苏不间断去看望、照顾他，是鲁迅和家里唯一的联系人。鲁迅也常常想着她。有一天，鲁迅买了日本水果糖，学生见了就抢着抓，鲁迅说："给羡苏留一点吧。"

这世上最妙不可言的就是缘分二字。俗话说，要在对的时间遇见对的人。可见，两个人遇见，于早于晚并无太大的关系。重要的是，敲开对方心扉的人，究竟是谁。除却朱安，鲁迅身边还是有很多亲近的人，就如相识更早的许羡苏，但最终能和鲁迅走到一起的却只有许广平。这大概就是缘分最奇妙的地方。

鲁迅和许羡苏彼此就像家人一样，很难说如果没有许广平，她们有没有可能走到一起。但这个问题无法假设，缘分来的时候，是挡也挡不住的。

　　但鲁迅待许广平，终究是不一样的。在这次端午节的聚会上，许羡苏和许广平孰轻孰重，已见分明。

端午小聚现端倪

　　端午节那天的聚会上，许广平和几个女孩子很快聊到了一起，彼此熟稔起来，一片欢声笑语。俞芬也是常客，与鲁迅相当熟悉，就开始对他劝酒。许广平就和王顺亲也跟着起哄，向鲁迅劝酒。鲁迅自己也借酒尽兴。

　　也许是酒喝得太猛，鲁迅已经有点醉了，不过嘴里却不服输。几个姑娘也不懂这些，仍旧是劝，甚至搬出鲁老太太来激将鲁迅。鲁迅醉后借着酒力，用"拳"打俞芬，还按了许广平的头。此时的鲁迅和许广平虽然关系仍然停留在师生关系阶段，但两人的熟稔却隐藏不掉。爱情的流露往往就是这样，不是什么山盟海誓，甚至不需一言一语，只需一个不经意的动作，一切就已明了。他们的感情也将就此掀开新的篇章。

　　许广平对鲁迅如此的动作，心中颇不平静。虽然她和鲁迅已渐渐熟悉，但这样亲密的接触是没有的，她更加感受到鲁迅的率真亲和。鲁迅对许广平的亲昵，在不知不觉中就表现了出来。

不过，许羡苏却认为这样闹得太过分，愤然离席，许广平等人也只好告辞。

事后，鲁迅给许广平写信的时候，笔调轻松，写了一段训词，其中详尽地说明了端午节那天席间的状况，由此不难看出两人的亲昵感情：

你们这些小姐们，只能逃回自己的窠里之后，这才想出方法来夸口；其实则胆小如芝麻（而且还是很小的芝麻），本领只在一齐逃走。为掩饰逃走起见，则云"想拿东西打人"，辄以"想"字妄加罗织，大发挥其杨家勃豀式手段。呜呼，"老师"之"前途"，而今而后，岂不"棘矣"也哉！

不吐而且游白塔寺，我虽然并未目睹，也不敢决其必无。但这日二时以后，我又喝烧酒六杯，蒲桃酒五碗，游白塔寺四趟，可惜你们都已逃散，没有看见了。若夫"居然睡倒，重又坐起"，则足见不屈之精神，尤足为万世师表。总之：我的言行，毫无错处，殊不亚于杨荫榆姊姊也。

又总之：端午这一天，我并没有醉，也未尝"想"打人；至于"哭泣"，乃是小姐们的专门学问，更与我不相干。特此训谕知之！

此后大抵近于讲义了。且夫天下之人，其实真发酒疯者，有几何哉，十之九是装出来的。但使人敢于装，或者也是酒的力量罢。然而世人之装醉发疯，大半又由于倚赖性，因为一切过失，可以归罪于醉，自己不负责任，所以虽醒而装起来。但我之计划，则仅在以拳击"某籍"小姐两名之拳骨而止，因为该两小姐们近来倚仗"太师母"之势力，日见跋扈，竟有欺侮"老师"之行为，倘不令其喊痛，殊不足以保架子而维教育也。然而"殃及池鱼"，竟使头罩绿纱及自称"不怕"之人们，亦一同逃出，如脱大难者然，岂不为我所笑？虽"再游白塔寺"，亦何能掩其"心上有杞天之虑"的狼狈情状哉。

今年中秋这一天，不知白塔寺可有庙会，如有，我仍当请客，但无则作罢，因为恐怕来客逃出之后，无处可游，扫却雅兴，令我抱歉之至。

虽然和鲁迅经常通信，已十分熟悉，不过那时的许广平与鲁迅的关系并不如许羡苏亲密。端午节第二天，许羡苏见到许广平，还特意告诫她：这样灌酒会酒精中毒的，而且先生可喝多少酒，太师母订有戒条。因此许广平在给鲁迅的信中"诚恐惶恐的赔罪"不已。

端午节闹酒，许羡苏表示抗议而离去，事后又发出"酒精中毒"的警告，她对鲁迅的关爱溢于言表。但鲁迅对此却并不以为意，反而写信安慰起许广平来。鲁迅对许广平的特殊之处，也由此可见。他写信告诉许广平说：

昨夜，或者今天早上，记得寄上一封信，大概总该先到了。刚才接到二十八日函，必须写几句回答，便是小鬼何以屡次诚恐惶恐的赔罪不已，大约也许听了"某籍"小姐的什么谣言了罢，辟谣之举，是不可以已的。

第一，酒精中毒是能有的，但我并不中毒。即使中毒，也是自己的行为，与别人无干。且夫不佞年届半百，位居讲师，难道还会连喝酒多少的主见也没有，至于被小娃儿所激么？！这是决不会的。

第二，我并不受有何种"戒条"，我的母亲也并不禁止我喝酒。我到现在为止，真的醉只有一回半，决不会如此平和。

然而"某籍"小姐为粉饰自己的逃走起见，一定将不知从那（哪）里拾来的故事（也许就从"太师母"那里得来的）加以演义，以致小鬼也不免赔罪不已了罢。但是，虽是"太师母"，观察也不会对，虽是"太太师母"，观察也不会对。我自己知道，那天丝毫没有醉，并且并不胡（糊）涂，击"房东"之拳，按小鬼之头，全都记得，而且诸君逃出时可怜之状，也并不忘记，——虽然没有目睹游白塔寺。

所以，此后不准再来道歉，否则，我"学笈单洋，教鞭17载"，要发宣言以传布小姐们胆怯之罪状了。看你们还敢逞能么？

鲁迅信中"大约也许听了'某籍'小姐的什么谣言了吧"，这个"某籍"小姐自是指许羡苏，还特别强调"酒精中毒是能有的，但我并不中毒，即使中毒，也是自己的行为，与别人无干"。

许羡苏对他的这种关心，鲁迅并不是不知道，但特意在此撇清，与许广平解释，大概就别有一番心思在其中了。

这番情谊，许广平大概也是能够体会得到的，大概此时的她已经接受了鲁迅的这份情谊。她还嘲笑鲁迅道："老爷们想'自夸'酒量，岂知临阵败北，何必再'逞能'呢！？这点酒量都失败，还说'喝酒我是不怕的'，羞不羞？我以为今后当摒诸酒门之外，因为无论如何辩护，那天总不能不说七八分的酒醉，其'不屈之精神'的表现，无非预留地步，免得又在小鬼前作第三……次之失败耳，哈哈。其谁欺，欺天乎。"

她与鲁迅信件中的语气也越来越轻松，还戏称鲁迅为"大老爷"："屡次提起酒醉，非'道歉'也。想当然也。'真的醉只有一回半'，以前我曾听说过，喝烧酒未喝过两杯，那天两种酒之量，一加一又二分之一，是逾量了。除了先前的一，虽未逾量也算八九不离十了。虽提出第一二之大理由，但是醉字决不能绝对否认。这次算一回呢，算半回呢，姑且作悬案，俟有工夫时复试罢。但是，要是我做主考，宁可免试，因为实在不愿意对人言不顾行。'一之为甚，其可再乎？''逞能'一时，贻害无穷，还是牺牲点好。现在我还是'道歉'，那天确不应该灌醉了一位教育部的大老爷，我一直道歉下去，希望'激'出一篇'传布小姐们胆怯之罪状'的'宣言'，好后先比美于那篇骈四俪六之洋洋大文，给小鬼咿呀几下，摇头摆脑几下，岂不妙哉。"

如果说许广平第一次拜访鲁迅使两个长期通信的人关系更进一步，那这次端午宴席则使两人的关系更上一层楼。两人的师生及年龄的差距，在两人的相处中逐渐被拉近。此后，1925年7月，许广平总共去了鲁迅家五次，写信六封，平均两三天就联系一次。以往鲁迅与许广平通信，鲁迅多称她为"广平兄"，信末则署名"迅"或"鲁迅"；许广平一直称鲁迅为"鲁迅师"，信末则署"学生许广平"或"小鬼许广平"。但这次宴会后，两人的称呼更加亲近。

7月9日，鲁迅给许广平写信："广平仁兄大人阁下敬启者，前蒙投赠之大作，就要登出来，而我或将被作者暗暗咒骂，因为我连题目也改换，而所以改换之故，则因为原题太觉怕人故也。收束处太没力量，所以添了两句，想来亦未必与尊意背驰，但总而言之：殊为专擅。尚希曲予海涵，免施贵骂，勿露'勃谿'之技，暂羁'害马'之才，仍复源源投稿，以光敝报，不胜侥幸之至！"

信中，鲁迅不止称许广平为"兄"，还戏称"大人""阁下"，这种不分长幼的做法却正是二人熟悉亲切的证据。许广平对这样的称呼也好不客气，反而顺势称鲁迅为"嫩弟手足"，信末则署名"愚兄手泐"：

> 嫩弟手足：披读七、九日来札，且喜且慰。缘愚兄忝识之无，究疏大义，谬蒙齿录，惭感莫名。前者数呈贱作，原非好意，盖目下人心趋古。好名之士，层出不穷。愚兄风头有心，而出发无术，倘无援引，不克益彰。若不"改换"，当遗笑柄，我嫩弟手足情深恐遭牵累，引己饥之怀，行举斧之便，如当九泉，定思粉骨之报，幸生人世，且致嘉奖之词，至如"专擅"云云，只准限于文稿，其他事项，自有愚兄主张，一切毋得滥为妄作，否则"家规"犹在，绝不宽容也。
>
> 嫩弟近来似因娇纵过甚，咄咄逼人，大有不恭之状以对愚兄者，须知"暂羁""勿露"……之口吻，殊非下之对上所宜出诸者，姑念初次，且属年嫩，以后一日三秋则长成甚速，决不许故态复萌也，戒之念之。

此后，许广平一直称鲁迅为"嫩弟"或"嫩棣棣"，信末署名"愚兄手泐"。手泐是手书之意，一般用于长辈对小辈或者平辈之间。"嫩弟""嫩棣棣"则是许广平和鲁迅的玩笑话，在端午节以后的书信往来中，这样没大没小的玩笑有相当多。

在1925年6月19日信中，许广平摘录了鲁迅给她的信中的一些段落。7月13日，许广平又寄来《罗素的话》，是摘录罗素《中国之问题》的段落而成。于是，7月15日，鲁迅附上一方简报，在广告边上的空白处写道："'愚兄'呀，我还没有将我的模范文教给你，你居然先已发明了么？你不能暂停'害群'的事业，自己做一点么？你竟如此偷懒么？"许广平起初接到这块剪报，横看竖看，左思右想，鲁迅意欲如何。后来从鲁迅写的话中，才了解到鲁迅觉得她摘编他人的文章是偷懒，"自己做一点"才好。

对此，许广平回复鲁迅：

嫩棣棣：

你的信太令我发笑了，今天是星期三——七、十五——而你的信封上就大书特书的"七、十六"。小孩子是盼日子短的，好快快地过完节，又过年，这一天的差误，想是扯错了月份牌罢，好在是寄信给愚兄，若是和外国交涉，那可得小心些，这是为兄的应该警告的。还有，石驸马大街在宣内，而写作宣外，尤其该打。

其次"京报的话"，太叫我"莫名其妙"了，虽则小小的方块，可是包含"书报"，"声明"，"招生"，"介绍"，"招租"，"古巴华侨界之大风潮"。背面有"证券市价"，"证券市况"，"昨日公债市价涨落之经过"，"上海纱价高涨不已"，"沪提运栈货会成立"，"华侨商会联合会成立"，"青岛最近之煤油业"，"工大京外宣传之近讯"（一张红行纸粘好又割开，使左右都有红行纸，是何道理呢？）……真可算包罗万象，五光十色了。惭愧，愚兄没有站立街头看路过的男男女女而用冷静的眼光抉择出来的本领。那么，"京报的话"，岂非成了

"废话"也哉。是知嫩棣棣之恶作剧，未免淘气之甚矣。姑看作"正经"，大约注重在刁作谦之伟绩，（但是广告栏的剪裁何为者？故设迷人阵乎，该打！）以渠作象征人物乎。如此也真可谓小题大作（做）。这种"古已有之"的随处皆是的司空见惯的写实派，实在遍地皆是，嫩棣入世较浅，故惊讶失措耳。

他们在信件中的语气越发亲昵活泼、揶揄调侃。未有谈情说爱却早已胜过知己。鲁迅说："人生得一知己，足矣。斯世，当同怀视之。"当灵魂相融无间，当师生跨越年龄与阅历的鸿沟成为知己，已是世间幸事，而知心与爱人又有多远？

敌忾同仇共患难

鲁迅与许广平

一往情深始定情

    鲁迅与许广平的过从甚密，他们都应该有所感觉。一些与鲁迅和许广平亲近的学生也应该能发觉他们不同寻常的亲密。但毕竟鲁迅和许广平的关系还没有明确下一步的进展，大家都只是观望，并未发表任何看法。

    关于鲁迅与许广平是何时定情，当事人并没有明确的说法。但种种迹象表明，大约就是在1925年的8月间。

    1934年12月，鲁迅赠予许广平的一首诗中写道："十年携手共艰危，以沫相濡亦可哀。""十年"正应该是从1925年算起的。"携手共艰危"也不难看出他们是在为难中开始携手同行的。

    具体的日子我们不得而知，但大约总是在许广平躲在鲁迅家的那段日子。那段日子正是女师大学潮斗争最激烈的时刻，双方的境遇都极为艰难。许广平面临被反动当局追捕、遣送回乡的困境，鲁迅则受到陈西滢等人的攻击。就是在这样艰难的时刻，鲁迅对许广平伸出援助之手，收留了她；许广平则时时安抚着鲁迅疲惫的心灵。他俩互相支持，肝胆相照。有以往的通信为基础，这段时期的相处，并肩作战，是他们彼此了解了对方的理想和志趣。

如果说两人开始通信为他们日后的感情做了铺垫，那端午节鲁迅家的聚会，则使他们的感情更进一步，而这次许广平的避居，更是推动他们感情的重要一环。在许广平住进鲁迅家前，双方的感情大概就已经突破了师生感情，虽然并未严明，但彼此心照不宣。这次住在同一屋檐下，双方接触的机会更多，感情突飞猛进、并最终确定下来也实属正常。

对于两人的结合，在1929年5月13日，已有身孕的许广平给挚友常瑞麟信中的回顾可窥见一二："老友尚忆在北京当我快毕业前学校之大风潮乎，其实亲戚舍弃，视为匪类，几不齿于人类，其中惟你们善意安慰，门外送饭，思之五中如炙，此属于友之一面，至于师之一面，则周先生（你当想起是谁）激于义愤（的确毫无私心）慷慨挽救，如非他则宗帽胡同之先生不能约束，学校不能开课，不能恢复，我亦不能毕业……你们同属有血气者，又与我相处久，宁不知人待我厚，我亦欲舍身相报，以此脾气，难免时往规劝候病，此时无非惺惺相惜，……周先生对家庭早已十多年徒具形式，而实同离异，为过渡时代计，不肯取登广告等等手续，我亦飘零余生，向视生命如草芥，所以对兹事亦非要世俗名义，两心相印，两相怜爱，即是薄命之我屡遭挫折之后的私幸生活。"

1960年至1961年间，为筹拍电影《鲁迅传》，饰演许广平的女演员于蓝曾多次访问过许广平。于蓝多次要求许广平详细地谈谈她和鲁迅是怎样相爱的。许广平谈道：有一次给鲁迅抄稿子，鲁迅叫她放下来说是要看看她手指的纹路，但实际上就是想握着她的手。这次许广平明显地感觉到了鲁迅的爱。许广平还说：同学们经常到鲁迅家闹着玩，许广平也参与其中。但鲁迅对她说："别人可以这样闹，唯独你不可！"鲁迅的特殊对待与另眼相看，就足以表明鲁迅对她存在着特殊的感情。

两人都将这种感情放在心底，彼此心照不宣，但许广平告诉于蓝，两人明确爱意，还是她先提出来的。

因为鲁迅心中明白，许广平年轻、漂亮，还是一位亭亭玉立的少女；而自己大许广平十七岁，已经四十多岁，再加上身体并不好，已显老态，在鲁迅看来，自己是无论如何都与许广平不相配的。而且，他虽有一定的名气，却没有丰厚的积蓄，不论许广平计不计较，他也要考虑生活条件的问题。最重要的问题，还是他已有元配朱安，虽然两人并未有实质关系，但朱安也是封建婚姻的受害者，他不可能完全置之不顾。朱安也是无辜无罪、非常值得同情和怜悯的。况且朱安认定自己"生是周家人，死是周家鬼"，又没有自谋生路的能力。对可怜的朱安鲁迅深怀愧疚，朱安所要的幸福他已不能给予，但绝不能连这一点名分也剥夺了，那无疑是断了她的生路。这让鲁迅非常纠结。

在这样的家庭情况下，连合法的名分都不能给予爱人，鲁迅认为自己根本没有和许广平在一起的资格。毕竟在世俗的一些人看来，嫁给他无疑是当了"小妾"。在鲁迅的心目中，许广平的位置跟他始终是平等的，让许广平这样嫁给她，怎么对得起她呢？不能给予爱人明确的未来，何谈幸福。鲁迅有着充分的自知之明，他曾说："异性，我是爱的，但我一向不敢，因为我自己明白各种缺点，生怕辱没了对手。"

所以，当许广平主动示爱的时候，鲁迅非常颓废，深感不配，甚至还问："为什么还要爱呢？"据说许广平是这样回答的："神未必这样想！"

《神未必这样想》这是英国人勃朗宁的诗，鲁迅当年讲课的时候曾经讲过这首诗。诗中，这是愤怒的女子谴责先前恋人的话。它写一对恋人，男子却年长女子许多，因此思量过多。男人也曾经想求婚，但思量过多，犹豫不决，最终竟丧失了结婚的勇气。十年后的今日，男人还是单身，女子虽已结婚，却并无爱情。正因为男人的过多思量，这两人的生活被永远破坏了。

许广平借矛攻盾，用鲁迅自己的讲义来反驳他，鲁迅无言以对，便说："中毒太深！"

情不知所起，一往而深。在真正的爱情面前，年龄、身份这些差距均不是问题。只要彼此心心相印，就能战胜一切问题走到一起。他们一个热烈，一个冷静，谁也不知道他们的碰撞究竟会产生怎样的火花。鲁迅犹豫权衡，再三考虑，终于下定了决心和许广平在一起。许广平后来在诗篇《为了爱》中写道：在深切了解之下，你说："我可以爱。"你就爱我一人。我们无愧于心，对得起人人。

鲁迅对许广平说："你胜利了！"当然，这不仅是许广平的胜利，更是鲁迅的胜利，因为他总算破了那层障碍，突破了封建思想的束缚，添了新的勇气。

收获爱情的许广平，热血沸腾，激动不已。她以笔名"平林"在鲁迅主编的《国民新报副刊·乙种》发表《同行者》，虽然没有写实，却明显地叙述了两人的心路历程："一个意外的机会，使得渠俩不知不觉地亲近起来。这其中，自然早已相互了解。而且彼此间都有一种久被社会里人世间的冷漠，压迫，驱策；使得渠俩不知不觉地由同情的互相怜悯而亲近起来。"

在这篇文章里，许广平将自己的爱情观大胆地诉说了出来："在社会上严厉的戴着道德的眼镜，专唱高调的人们，在爱之国里四不配领略的人们，或者嫉恨于某一桩事，某一方面的，对爱的他俩，也给予一番猛烈的袭击。然而，沐浴游泳于爱之波的人们，不知道什么是利害，是非，善恶，只一心一意地向着爱的方向奔驰。从浅的比方一句罢有似灯蛾赴火，就是归宿到"死"字上。这死，是甜蜜的，值得歌颂的，此外还有什么问题呢？！"

1926年初，许广平又写下了著名的散文诗《风子是我的爱》。她把鲁迅比作风，激情澎湃地表达了自己对鲁迅的爱，至今人们读起这首散文诗，也仍能体会到许广平大胆坚定的爱意：

它，我不知道降生在什么时候。这是因为在有我的历史以前，它老早就来到这个宇宙和人们结识了吧。

风子是什么一个模样呢？我可说不出，因为自始我就没法子整个的了解它，许是因为我太矮小的原因吧！

即使我看着最有趣的书，或者干着最聚精会神的事体，耳根响着隆隆的钢琴的竟日震动鼓膜的声音，任何人都不容易忍耐的下去领会或细心高兴的工作吧。这时风子突然投入我的怀，令我不期然而然的（地）抛开工夫，装作假寐的去回味它，屡屡不只一二（两）次的追溯它，当遇着我的时候和离开我的时候是什么样的情景。

比起蝼蚁鸡犬之流。我，小小的我勉强可以算是庞然大物吧！然而风子总看我是小孩子。

这于我真算是莫大的耻辱。它，是天上的一种气体，时间，空间，自然比我伟大得多。在解冻的时候它算是春风；在汗流夹（浃）背的时候，它算是熏风；梧桐叶落的时候呢，人们知道它换了秋的袍子；而狂风怒号，有似刀割的时候，人们在它的名字上改换了一个名，说是冬风了。它虽则能被人改变各式花样，但仍不是风子吗么？时候地位的不同，风子能单只不给我一些暖暖的呵气吗。有谁能禁止我不爱风子，为了我的藐小，否认我的资格呢。

风子有一个劫运，就是在上古的时候，人们把它女姓（性）化了，说它是"风姨"，然而我则偏偏说它是风子。何以故，因为我是男姓（性）化的，不妨引为同类，可以达到我同姓爱的理想的实现，而且免掉了她和他的麻烦。

淡漠寡情的风子，时时攀起脸孔呼呼的刮叫起来，是深山的虎声，还是狮吼呢？胆小而抖擞的，个个都躲避开了！穿插在躲避了的空洞洞呼号而无应是我的爱的风子呀！风子是我的爱，于是，我起始握着风子的手。

奇怪，风子同时也报我以轻柔而缓缓的（地）紧握，并且我脉博（搏）的跳荡，也正和风子呼呼的声音相对，于是，它首先向我说："你战胜了！"真的吗？偌大的风子，当我是小孩子的风子，竟至于被我战胜了吗？从前它看我是小孩子的耻辱，如今洗刷了！这许算是战胜了吧！不禁微微报以一笑。

它——风子——承认我战胜了！甘于做我的俘虏了！即使风子有它自己的伟大，有它自己的地位，藐小的我既然蒙它殷殷握手，不自量也罢！不相当也罢！同类也罢！异类也罢！合法也罢！不合法也罢！这都于我们不相干，于你们无关系，总之，风子是我的爱……呀！风子。

　　除了这两首，许广平还写了一部独幕剧《魔祟》。整部剧非常简短，没有人物的对话，都是叙述的语言。剧情的人物很简单，只有睡魔、睡的人和睡的人的爱者三人。剧情发生在初夏的良宵，一间小巧的寝室和书房中。寝室中睡着B，而书房中他的爱人G则"在书桌前收拾他照例做完的工作，伸个懒腰，静默的长伸出两腿来，似乎躺在帆布椅样的把身子放在坐的藤椅上，口吸着烟卷，想从这里温习他一天的课业，又似乎宁静百无所思似的，待烟吸完了，轻轻踱进寝室，先把未关好的窗门收起来，想是要放轻些，勿致惊醒B的好梦，不想反而不自然地铿的一声，窗关了的声响"，惊醒了魔，G与B互相亲吻，又重新睡下，"死一般静寂来到，没有别的话语，直至良久。但B时时闭着眼，用手抚摩G的脸，继又吻他，总是手，吻，继续的在G的身子上。经过多少时，G说，我起来喝点茶，又吸一支烟，重又躺在B旁，仍没有话说。待烟都变成灰，已经散布在床前地下，G说，大约有两点钟了，我们灭灯睡罢！寝室暗黑，这时有些少光从正面的窗外射进来，B是静静的，G老是叹气，B没敢问，陪了经过好久时间，有点鼾声从G那里发出，B放心睡下。偶然G动了动，B赶快曲着身子来抱他，但总觉得他是被睡魔缠扰般不能自主地回抱。"

　　这部剧极具象征意义，但争议颇多。但期间表现出的爱与责的纠结，无疑表达了许广平对鲁迅的思念，是鲁迅与许广平爱的见证。

　　和许广平的热情大胆相比，鲁迅则表现得低调含蓄得多。只在收入散文诗集《野草》中保留了一篇《腊叶》来表达自己的情怀，鲁迅说过："《腊叶》是为爱我者的想要保存我而作的。"《腊叶》这样写道：

灯下看《雁门集》，忽然翻出一片压干的枫叶来。

这使我记起去年的深秋。繁霜夜降，木叶多半凋零，庭前的一株小小的枫树也变成红色了。我曾绕树徘徊，细看叶片的颜色，当他青葱的时候是从没有这么注意的。他也并非全树通红，最多的是浅绛，有几片则在绯红地上，还带着几团浓绿。一片独有一点蛀孔，镶着乌黑的花边，在红，黄和绿的斑驳中，明眸似的向人凝视。

我自念：这是病叶呵！便将他摘了下来，夹在刚才买到的《雁门集》里。大概是愿使这将坠的被蚀而斑斓的颜色，暂得保存，不即与群叶一同飘散罢。

但今夜他却黄蜡似的躺在我的眼前，那眸子也不复似去年一般灼灼。假使再过几年，旧时的颜色在我记忆中消去，怕连我也不知道他何以夹在书里面的原因了。将坠的病叶的斑斓，似乎也只能在极短时中相对，更何况是葱郁的呢。看看窗外，很能耐寒的树木也早经秃尽了；枫树更何消说得。当深秋时，想来也许有和这去年的模样相似的病叶的罢，但可惜我今年竟没有赏玩秋树的余闲。

《腊叶》写得非常含蓄，如果不是知道他特有所指，根本无法领会其意。他以"爱我者"的口吻，把自己比作那片枫叶，主人因它是病叶而同情保存了它。但事过境迁，它褪去了斑斓的颜色，主人可能会渐渐把它忘记。

在爱情方面，鲁迅原没有许广平自信，他知道自己的不足，所以担心感情不会保鲜，害怕感情会消逝，因此心怀忧虑和哀愁。他通过"爱我者"的心思，隐约地把这个想法表达了出来。鲁迅也曾对孙伏园说过这意思："许公很鼓励我，希望我努力工作，不要松懈，不要怠忽；但又很爱护我希望我多加保养，不要过劳，不要发狠。这是不能两全的，这里面有着矛盾。《腊叶》的感兴就从这儿得来，《雁门集》等等却是无关宏旨的。"

虽然鲁迅对他和许广平的爱情走向还有所保留，但他对许广平的充分理解也在其中，这是他对许广平爱的最好的回应。

为爱抉择赴远方

1926年5月，林语堂在厦门大学任文科主任兼国学研究院秘书。林语堂与鲁迅私交不错，于是立即推荐鲁迅来校任教，鲁迅也欣然答应。经校长同意，厦门大学自7月起聘鲁迅为文科国文系教授兼国学研究院研究教授。

鲁迅自1912年2月应蔡元培之邀来教育部工作，如今已十四个年头了。1920年8月到1926年7月，鲁迅在北大讲授中国小说等课程，期间还在北师大、女师大、世界语专门学校、集成国际语言学校、大中公学、黎明中学、中国大学等校兼课。虽然他从1923年7月才开始在女师大兼课，上课的时间也不多，但由于他和学生们一起参与了女师大的学潮，投入到了保卫学校的斗争中，于是关系就显得特别密切。

许广平此时正好也面临毕业择业的问题。恰巧有人推荐她回母校广东女子师范学校教书，她便立即高兴地答应了。虽然和鲁迅不在一个地方，但毕竟他们能一同南下，大方向是一致的。

因此鲁迅与许广平商量好，他们一个去厦门大学任教，一个去广州省立第一女子师范学校教书。两人相约各自工作一二年，以有所准备和积蓄后，两人再相聚。当然，这样的约定两人都从未对别人说过。

听说鲁迅要离开北京，朋友、师生间的饯行宴请不断。

8月3日晚，未名社的韦氏兄弟为鲁迅饯行，韦丛芜、韦素园、朱寿恒、常维钧、赵少侯等人均来送行。但女师大学生中独独请来了许广平，不知道是不是他们已经知道了鲁迅和许广平的关系。

8月13日，吕云章、陆晶清与许广平联合宴请鲁迅，徐旭生、朱先、许寿裳等女师大教师都来参加。让人不得不产生疑问的是，吕云章、陆晶清同许广平是同学，她们为何与许广平一起为鲁迅饯行，为什么不为许广平和鲁迅一起饯行呢？大概是她们还不知道许广平将同鲁迅一起南下吧。

所以，鲁迅和许广平的决定并不是一种偶然。

毕竟在外人看来，两人年龄相差十七岁，鲁迅又有家室，他们关系虽亲密，但没有联想到爱情方面。鲁迅与许广平的爱情本该光明正大，也是迟早要公开的。可是他们不得不考虑朱安的问题。虽然鲁迅可以表明与朱安一刀两断，再和许广平在一起，这是最直接的方法。但是鲁迅却不能不管朱安的死活，他的悲剧婚姻并不是朱安造成的。留在北京，鲁迅和许广平的爱情就无法公开，也无法取得进展。

鲁迅心有所爱，他想和许广平在一起携手并进；但他不能弃朱安于不顾，只好采取迂回的办法，离开北京，到新的地方，才能开始新的生活。

1926年8月26日下午，鲁迅和许广平搭同一趟列车，一起离开北京南下。他们终于能够走到一起，他们的爱情道路，终于迎来了曙光，迎来了希望。

天涯海角思无尽

鲁迅与许广平

双双南下新天地

1926年8月26日，鲁迅与许广平为了创造他们共同的新天地而携手南下。他们乘坐火车沿京浦线先抵达上海。鲁迅要去厦门，许广平要去广州，两人本来是并不顺路的。许广平可以沿京汉铁路直达广州，走上海无疑是绕了远路。但也许是为了宣告两人的携手共进，也许是为了多陪对方走一程，他们决定一同离开北京。鲁迅和许广平在火车上度过了漫长又短暂的三天。火车上本就狭小拥挤，三天的日子对很多人来说是非常难熬的，但对于他们二人来说却并非如此。他们满怀着希望一路前行，看着窗外的大好河山，规划着未来，漫长的时间在不知不觉中就度过了。

8月29日早晨，鲁迅和许广平二人乘坐火车到达了上海。许广平住进了上海的叔父家中，鲁迅则住进了一家旅社。

鲁迅当时是非常有名气的，尤其是在新文化运动后，不止在北京，在上海也有一大批追随者。听说鲁迅到了上海，很多人前来为他接风。

8月30日晚，由著名作家郑振铎出面邀请，鲁迅参加了他别墅内的欢迎宴会。除了鲁迅，还有他的三弟周建人，以及许多文化界的名人都出席作陪，如朱自清、刘大白、叶圣陶、茅盾、胡愈之、夏丏尊、陈望道等。宴会上，他们就当时的格局和对未来的期望畅所欲言。此时，由于消息的闭塞和鲁迅没有刻意的公开，大家都还不知道鲁迅和许广平的关系，因此也并未邀请许广平参加这次宴会。

上海只是鲁迅和许广平南下的中转站，刚刚进入热恋的鲁迅和许广平马上就迎来了分别。

鲁迅和许广平虽然想立刻在一起，但他们不得不顾虑世俗的眼光，所以只好以此为缓冲，各自制定目标，为将来在一起做打算。

9月2日清晨，带着心中的不舍，两人同时坐轮船离开上海，继续南下，只是这次的目的地却不再相同。

自从相识以来，鲁迅和许广平还从未有过如此长时间、长距离的分别。与火车上共处的时光不同，二人都在刚刚离别之际就开始深深地思念着对方。因为两人轮船的开船时间相差不多，大约只有一个小时，鲁迅就总觉得能远远地看到身后跟着的船影，他在到达厦门后给许广平的信中写道："我在船上时，看见后面有一只轮船，总是不远不近地走着，我疑心是广大。不知你在船中，可看见前面有一只船否？倘看见，那我所悬拟的便不错了。"就是这样一句平淡的话语，我们就不难看出鲁迅的柔情和思念。

9月4日，鲁迅终于抵达了厦门，他一安顿好就立刻给许广平写信。"我写此信时，你还在船上，但我当于明天发出，则你一到校，此信也就到了"，除了表达了在船上时对许广平的思念，鲁迅还跟许广平讲述了自己初到的概况，并算准了许广平到达广州的时间寄信，可见鲁迅对许广平真是颇费了些心思。信末一个简单的"迅"字署名，更将二人直接的亲密表现出来。

　　鲁迅身为男人，感情毕竟还是内敛的，他将心底的思念和情感通过寥寥数语即体现出来，那种若隐若现的朦胧之美打动着许广平的心。

　　但许广平却不像他那样低调，她的性格本来就是热情似火的，再加上女性在爱情方面的主动，就像她之前写《风子是我的爱》时一样，许广平迫切地表达着自己对鲁迅的思念之情。

　　许广平无法抑制心中的感情，在船上，只要想到鲁迅她就会提笔写信，断断续续写了九段，所见所闻什么都讲，内容事无巨细。相思如此折磨人心，以至于她想想之后要分别那么久，心头就不是滋味，"船中热甚，竟夕是我一人在一房内，也自由，也寂寞，船未开，门窗不敢打开，闷热极了！好在虽然醒醒也能睡去，臭虫各处都有，但是我还一样睡，今晚独自落船的苦，我想起你昨晚了，本来昨晚你落船没有，出走后的情形不知道，晚间妹妹们又领我上街玩，但总是蓦然一件事压上心头，十分不自在，我因想，一年的日子，不知怎么样？"

　　尤其到了夜深人静的时候，思念之情更是涌上心头，"睡起看水色已变绿了，浅浅的绿色，泛出雪白的浪波好看极了，因为在多年囚困的沙漠生活中的我见着，然而，也更可气，舱面挤满人，铺盖，水桶，货物，房的窗口也总坐着成排的人，高高地坐在箱上，遮盖着房内漆黑，而我又在下层床，日里又要听基督圣谕，MyDearTeacher！你的船中生活是怎么样？"

　　当船路过厦门的时候，许广平更是去四处打听和厦门有关的事情，仿佛这样就离鲁迅更近似的，"下午四时船经厦门时，我注意看看，不过茫茫的水天一色，厦门在哪里？！室迩人遐！！！……信也实在难写，这样说也不方便，那样说也不妥当。我佩服兰生，他有勇气直说。听说过厦门，我就便打听从厦门至广州的船。据客栈人说：有从厦至港，由港再搭火车（没有船）至粤，但坐火车中途要自己走一站，不方便，而且如果由广州至港，更须照相找铺保准一星期回，否则向铺索人，此路'行不得也哥哥'。有从厦至汕头者，我想这条路较好，由汕至广州，不是敌地，检查……"

许广平甚至打听好了厦门去广州的路线，对于一对热恋中的人来说，异地恋是一场非常折磨的考验。

两地分隔诉相思

　　在鲁迅到达厦门两天后，许广平也到达了广州。她很快就住进了广东女子师范学校，担任训育主任一职，除此之外，每周还要教授八个小时"三民主义"的课程。

　　她一到达广州就寄出了在船上断断续续写的信，接下来的几天又连续发了两封。不过那时候厦门与广州之间的交通并不算发达，信件总要耽误些时日才能收到。鲁迅在厦门寄出第一封信后，一直在等待许广平的回信，因为信件的耽搁，他渐渐有些按捺不住，又接连寄了一张厦门大学的明信片和一封长信。信虽是一封，但里面确是这两日来写的，可见鲁迅时时刻刻都在思念着许广平。

　　等待的日子真是让人揪心，鲁迅此时虽已四十多岁，但陷入热恋的他却像个小男孩一般，这便是爱情的力量吧。等不到许广平的信，他心里非常焦急，"依我想，早该得到你的来信了，然而还没有。大约闽粤间的通邮，不大便当，因为并非每日都有船。此地只有一个邮局代办所，星期六下午及星期日不办事，所以今天什么信件也没有——因为是星期——且看明天怎样罢。"

没收到信的日子，鲁迅每天都要去邮局看一看，生怕错过了许广平的来信。他甚至开始胡思乱想，毕竟那时的格局动荡不安，他害怕许广平受到什么危害，为此十分担忧。其实他们此时分隔只有一个多星期，收不到信件也属正常，但焦急等待的鲁迅早已乱了心绪，哪里还能冷静地思考。好在他并没有等待太久，终于等到了许广平的来信，他的心中这才安定下来——"今天（十四日）上午到邮政代办所去看看，得到你六日八日的两封来信，高兴极了。此地的代办所太懒，信件往往放在柜台上，不送来，此后来信可于厦门大学下加"国学院"三字，使他易于投递，且看如何。这几天，我是每日去看的，昨天还未见你的信，因想起报载英国鬼子在广州胡闹，入口船或者要受影响，所以心中很不安，现在放心了。"

等待的日子，许广平亦是觉得难熬，"七，九，十二日去了三信，只接到（五日）来的一封，你那里的消息一概不知道，惟（唯）有梦想臆测，究竟近状如何？是否途中感冒现在休养？望勿秘不见告。"

许广平在给鲁迅的信中写道："你依足了一来复给我一信，我在望眼欲穿的时候得到你这些安慰——虽则是明信片。"虽然广州是许广平的家乡，在这里她不像在北京那样形单影只，但心爱之人不在身边，那些空缺是别人不能填补的，所以鲁迅的来信成了她繁忙生活中的一份寄托。

授课加上训育主任的职责，让许广平几乎没有时间去思念鲁迅，但长久以来的习惯与依赖是很难改变的。她只要一有时间，就会提起笔给鲁迅写信，跟他讲述自己的生活，仿佛两人还隔着一个胡同住一样。白天的生活太过繁忙，但鲁迅始终在她心里，午夜梦回，点点滴滴的相处便会浮现在许广平的心头，思念越发浓重。

她在繁忙之中匆匆写道："我校从十三日起即授课办公，教课似乎还过得去（察情形），至于训育，真是难堪，包括学监舍监，从八时至下午五时在办事处或查堂，回来食晚饭后又要查学生自习及注意起居饮食……总之无一时是我自己的时间，更有课外会议，各种领导事业及自己预备教材……弄得精疲力竭，应接不暇。明日是星期，下午一时还要开训育会议，回想做学生真快活也。现人已睡久，钟停了不知何时，急忙写此，恕其不详，但朝夕做梦。祝快乐，不敢劝戒酒，但祈自爱节饮。你的害马。"许广平时刻关心着鲁迅的身体，信末"你的害马"的署名更透露出一股小女人的爱恋。

"看你在厦大，学生少，又属草创，事多而趣少，饮食起居又不便，如何是好，菜淡不能加咸么？胡椒多食也不是办法，买罐头帮助不好吗？火腿总有地方买，不能做来吃吗？勿省钱要紧。"许广平生怕鲁迅自己不能照顾好自己，总不忘时时嘱咐他。虽然许广平比鲁迅小很多，但大约是女生照顾人的天性，她对鲁迅的关怀可谓是事无巨细。她还在信中开玩笑说："你知道处处小心，不多吸烟，喝酒……这是乖弟弟，做老兄的放心了。"

许广平无微不至的关心让鲁迅更加怀念二人在北京生活的日子。他甚至开始迫切希望"合同的年限早满"。许广平对鲁迅的关心是非常细致的，她当然知道鲁迅希望"合同的年限早满"是对自己的思念，是希望能和自己早日在一起；但凭借她对鲁迅的了解和关心，更是想到鲁迅一定是非常不适应厦门的生活，于是写信安慰、鼓励他："你为什么希望'合同的年限早满'呢？你是感觉着诸多不习惯，又不懂话，起居饮食不便么？如果的确对身子不好，甚至有妨健康，则不如失约，辞去的好。然而，你不是要'去做工'吗？你这样的不安，那怎么可以安心做工！你有更好的方法解决没有？或者要我帮助的地方亦不妨通知，从长讨论。"

鲁迅本来只是想表达思念，哪想到竟惹得许广平如此担心，赶忙写信解释道："我之愿'合同早满'者，就是愿意年月过得快，快到民国十七年，可惜到此未及一月，却如过了一年了。其实此地对于我的身体，仿佛倒好，能吃能睡，便是证据，也许肥胖一点了罢。不过总有些无聊，有些不满足，仿佛缺了什么似的……"

不难看出，鲁迅对于许广平的情绪也是颇为照顾的。这封信不仅表达了自己的思念，告诉了许广平自己度日如年的感受，而且还说自己很好来安抚她的情绪。

然而，鲁迅过得真的好吗？其实不尽然。虽然鲁迅的家乡在浙江，但他常年在北京，已然不大适应南方的生活。何况厦门靠海，气候湿润，鲁迅非常不适应，甚至还因为蚂蚁过多而不敢再买点心吃。况且他独自生活在厦门，没有亲人在身边，朋友又少，语言也不同，难免会有"独在异乡为异客"的感觉。他负责的课程也并不算多，空闲时就更容易觉得孤独寂寞。从他信中的只言片语就不难看出他的辛苦："有人看见我这许多器具，以为我在此要作长治久安之计了，殊不知其实不然。我仍然觉得无聊。我想，一个人要生活必须有生活费，人生劳劳，大抵为此。但是，有生活而无'费'，固然痛苦；在此地则似乎有'费'而没有了生活，更使人没有趣味了。我也许敷衍不到一年。"

为了让许广平安心，鲁迅总是报喜不报忧的。因为许广平在广州的生活也并不算好。虽然她没有语言方面的困扰，但是过于繁忙的生活，不可靠的薪水，以及人们间的钩心斗角，让她精疲力竭。许广平为此还感慨："人是那么苦，总没有比较的满意，自然我也晓得，乐园是在天国，人是没有满足的，然而我们的境遇，像你到厦，我到粤所历的，都算例外吧！人总是向荆棘丛中寻坦途，然而永没有坦途能存在，因为荆棘的量实在占住路途的空间而永没有隙。"

鲁迅非常忧心，时常问及她的收入问题，生怕她的生活太过困苦，他说："你收入这样少，够用么？我希望你通知我。"就这样简简单单的一句话，就能看出鲁迅对许广平的挂怀。

看着心爱之人受苦，鲁迅恨不能亲力亲为去帮助照顾她，哪还舍得让她再因自己的事情烦恼呢？因此鲁迅写信宽慰许广平："其实我在此地，很有一班人当作大名士看，和在北京的提心吊胆时候一比，平安得多，只要自己的心静一静，也未尝不可暂时安住。但因为无人可谈，所以将牢骚都在信里对你发了，你不要以为我在这里苦得很。其实也不然的。身体大概比在北京还要好点。"

不过，心思细腻的许广平哪能不知道鲁迅的体谅呢？她从鲁迅琐碎的生活细节中就知道鲁迅生活的清苦和寂寞，"从清早在期望中收到你的信（十日写寄），我欢喜的读着，你的心情似乎也能稍安了，但不知是否骗人安心，所以这样说，勉强的栖息在不合意的地方。"

这种善意的隐瞒更能体现出爱情的可贵，鲁迅和许广平就这样用自己的方式，相互关心爱护着对方，彼此支持，共同克服生活中的难题。

鲁迅在厦门独自一人，时常感到寂寞，好在学生们都很敬仰他，总是陪着他一同探讨问题，也使生活逐渐有了一些趣味。许广平听说了后很高兴，写信说道："学生欢迎，自然增加你兴趣，处处培植些好的禾苗，以喂养大众,救济大众吧。这是精神上的愉快,不虚负此一行。在南人中插入一个北人的你,而他们不以南北歧视你,反而尊重你,这是多么令人'闻之喜而不寐'的呢。"但也不忘嘱咐鲁迅注意身体,"话虽如此,却不要因此拼命做工,能自爱才能爱人。"

许广平的关怀可谓面面俱到。她和鲁迅此时的关系早不是在北京那样,已经取得了进一步的发展。如果说过去的玩笑多是停留在"愚兄""嫩弟弟"之类,现在的鲁迅和许广平已经不时会开一些"醋意十足"的有关男女之情的玩笑了。

自从有了许多学生的陪伴,鲁迅便写信逗许广平说:"听讲的学生倒多起来了,大概有许多是别科的。女生共五人。我决定目不斜视,而且将来永远如此,直到离开厦门,和H.M.(按:即害马)相见。"

语气间的情意十足,只有亲密的恋人才能说出这样的玩笑话。

看到鲁迅这样的话,许广平心里自然是美滋滋的,她故意用相同的语气回信给鲁迅:"这封信特别'孩子气'十足,幸而我收到。'斜视'有什么要紧,习惯倒不是'斜视',我想,许是蓦不提防的一瞪吧!这样,欢迎那一瞪,赏识那一瞪的,必定也能瞪的人,如其有,又何妨?张竞生之流发过一套伟论,说是人都提高程度,对于一切,都鲜花美画一般,欣赏之,愿公显于众,自然私有之念消,可惜世人未能领略张辈思想,你何妨体念一下?"

许广平这话说得可是小女人味十足,意思大概是你怎样看别的女生我才不在乎,如果你没有私念,那不妨看个够。

鲁迅看到后立即回信表示自己绝不会去瞪别的女生:"斜视尚不敢,而况'瞪'乎?至于张先生的伟论,我也很佩服,我若作文,也许这样说的;但事实怕很难,我若有公之于众的东西,那是自己所不要的,否则不愿意。以己之心，度人之心，知道私有之念之消除，大约当在二十五世纪，所以决计从此不瞪了。"

恋爱让人变得孩子气，鲁迅虽已人过中年，但也难得变得有些"无赖"。这样的互动，若说不是出现在热恋的人身上，恐怕都是没人相信的。

爱与被爱的权利

　　鲁迅对于和许广平之间的爱情始终都有很多犹豫和顾虑。年龄的差距和永远无法摆脱包办婚姻是横亘在两人之间的巨大问题，因为爱，所以鲁迅更加害怕因此委屈了许广平。

　　鲁迅在文坛赫赫有名，但在情爱的世界里，他却自卑而小心翼翼。如若不是许广平的热情主动，恐怕鲁迅和许广平也许就那样止于师生关系，可能最终也因为犹豫而不可能走到一起。即使两人确定了恋爱关系，鲁迅的心中也依然充满了担忧。前路漫漫，他和许广平真的能像计划中那样在一起吗？鲁迅的心中并不确定。

　　所以面对这份来之不易的感情，鲁迅始终都很谨慎。两人离开北京南下，却并没有立刻在一起，也颇有些"试水"的味道在里面，短暂的分离是为两人在一起做缓冲，也更是对两人感情的一种考验。

因为对感情的不自信，分隔两地后鲁迅也时常感到担忧。

尤其那时许广平在广州的工作遇到了很多困难，她和一些学生之间矛盾重重。恰巧这时，她与北京认识的朋友李春涛在广州重逢了。李春涛此次来广州开会，听说了许广平工作中遇到的困难，表示可以帮助许广平，邀请她去汕头，还说"无论教书，做妇女工作，做报纸宣传工作都可以想办法"。许广平听了非常心动，于是萌发了去汕头的念头。

虽然许广平只是因为工作的不如意想去汕头，但是这仍然带给了鲁迅深深的危机感。在许广平问及他的看法时，他又不好阻拦，所以在他收到中山大学的聘书时，他对许广平表示非常犹豫，说自己不想去广州了，理由则是"我的一个朋友，或者将往汕头，则我虽至广州，与在厦门何异"。

在这里，鲁迅故意不说许广平，而称"一个朋友"，就很有一丝发牢骚的意味在里面。本来，他离开了有着坚实基础的北京，就是为了能够和许广平在一起，而现在，许广平受别的男士的邀请想要去汕头，他的心里别提有多不是滋味了。

好在许广平十分在乎鲁迅的感受，看到鲁迅的牢骚，她立刻回信说："你如定在广州，我也愿在广州觅事，如在厦，我则愿到汕，最好你有定规，我也着手进行。"

她的话无疑给鲁迅吃了一颗定心丸。

许广平在后来回忆起这件事，也表示自己当时并未多想，只是不适应当时的那份工作，她后来在《鲁迅回忆录》中也写道："当时，想去汕头，是为了走向革命，学习到更多的东西，同时，也为了离厦门近一些，与鲁迅呼应较便。但对在厦门的鲁迅解释得不够详细，便引起他的牢骚来了：'我想H.M.不如不管我怎样，而到自己觉得相宜的地方去，否则，也许因此去做很迁就，非意所愿的事务，比现在的事情还无聊。'在写完这封信的深夜，又添了几句：'我想H.M.正要为社会做事，为了我的牢骚而不安，实在不好，想到这里，忽然静下来了，没有什么牢骚了。'这里越是说没有什么，正表明有什么，因此我考虑：同是工作，要自己去闯，可能也多少干一些事，但是社会这样的复杂，而我又过于单纯，单纯到有时使鲁迅很不放心，事情摆在面前，恐怕独自干工作是困难的了。既然如此，就在鲁迅眼前做事也是一样的。这样的想法一决定，就不去汕头了。以后也没有改变这决定。"

鲁迅在厦门的这一百多天里，和许广平之间的通信多达八十多封，几乎是每隔一天就要给对方写一封信。然而，那种牵肠挂肚的思念并未因频繁的信件而减少，反而与日俱增。再加上鲁迅和许广平的工作都有些不尽人意的地方，两人在南下时的期望渐渐被消磨殆尽，因此，他们二人都希望能够尽快地团聚。

何去何从未来路

　　鲁迅对于教学的态度是非常认真的。他在厦门大学教授"中国文学史"和"中国小说史"两门课程。厦门大学本来就有课程的讲义，如果鲁迅按照讲义去讲应该是非常轻松的，但他不愿那样敷衍。严谨、负责的治学态度让他决心亲自撰写一份教材。"中国小说史"是他在北京授课时就有所准备的，稍稍修正即可。比较难的是"中国文学史"这门课程。文学史涉及的知识范围很广，厦门大学图书馆的资料也十分匮乏，为此，鲁迅费尽心力才编撰出一部"中国文学史"的教材。这部文学史在后来也正式发表，即《汉文学史纲要》。

　　和在北京教书时一样，鲁迅的课程在厦门大学也备受学生的欢迎。只要是鲁迅的课程，教室就座无虚席。鲁迅不仅是青年学生们的授课老师，更是他们的精神导师。学生们常常围绕着鲁迅，和他一起探讨国之大事。原本在厦门孤身一人的鲁迅，也在寂寞无聊的生活中寻得了一丝安慰。

但与学生们接触得越多，鲁迅发现的问题就越多。虽然学生们心中渴望进步的思想，但是厦门大学的校长却被复古尊孔的思想束缚着，以至于在新文化运动全面推动白话文的情况下，厦门大学的学生仍然不得不用文言写作。鲁迅积极地支持学生们用白话写作，他此时已清醒地认识到，尽管厦门看似比北京更开放，革命热情比北京更高涨，但实际上同北京在本质上差别不大，都还存在很多的问题。鲁迅为此非常失望，他在给许广平的信中曾写道："一个教员和我谈起，知道那些北京同来的小鬼之排斥我，渐渐显著了，因为从他们的口气里，他已经听得出来，而且他们似乎还同他去联络（他也是江苏人，去年到此，我是前年在陕西认识的）……而他们一面排斥我，一面又个个接家眷，准备作长久之计，真是糊涂云云。我看这是正确的，这学校，就如一座梁山泊，你枪我剑，好看煞人。北京的学界在都市中挤轧，这里是在小岛上挤轧，地点虽异，挤轧则同。"

鲁迅虽然失望，但他还是不遗余力地在传播着进步的思想，但学校中的顽固势力实在是太强大了，鲁迅只身一人渐渐地感到了力不从心。鲁迅与学校行政当局之间的矛盾也越来越深。有一部分"现代评论派"人物本就和鲁迅关系不睦，更是借机处处打压鲁迅。

"今天又知道一件事，一个留学生在东京自称我的代表去见盐谷温氏，向他要他所印的书，自然说是我要的，但书尚未钉成，没有拿去。他怕事情弄穿，事后才写信到我这里来认错。你看他们的行为是多么荒唐，无论什么都要利用，可怕极了。"鲁迅在与许广平的信中常常写到这些丑陋的事件，他的内心感到失望和厌恶。

但这些丑行始终在进行，看着这些宵小丑恶的嘴脸，他知道他自己再也无法容忍下去了。"今天又知道一件事。先前顾颉刚要荐一个人到国学院，（是给胡适抄写的，冒充清华校研究生）但没有成。现在这人终于来了，住在南普陀寺。为什么住到那里去的呢？因为伏园在那寺里的佛学院有几点钟功课（每月五十元），现在请人代着，他们就想挖取这地方。从昨天起，顾颉刚已在大施宣传手段，说伏园假期已满（实则未满）而不来，乃是在那边已经就职，不来的了。今天又另派探子，到我这里来探听伏园消息。我不禁好笑，答得极其神出鬼没，似乎不来，似乎并非不来，而且立刻要来，于是乎终于莫名其妙而去。"鲁迅不屑与他们为伍，他对许广平说道："你看研究系下的小卒就这么阴险，无孔不入，真是可怕可恨。不过我想这实在难对付，譬如要我对付，就必须将别的事情放下，另用一番心机，本业抛荒，所做的事就浮浅了。研究系学者之浅薄，就因为分心于此等下流事情之故也。"

陈梦韶在《鲁迅在厦门》一书中，分析了鲁迅离开厦门的原因，他说：

> 他（鲁迅）到厦大来，本想为学校做一点事的。但是一到厦大后，看见学校当局并无真心要提倡学术研究，心里就有些怀疑了。他看见：第一，学校把教授当作"变戏法者"看待，对教授尊重不够。……使鲁迅先生到校一个月后，就有"人亦何苦因为别人计，而自轻自贱至此哉"的反感！第二，国学院只装门面，不务实际。学校当局把国学院教授当雇工看待，拿多少钱，该做多少工。天天希望他们"从速做许多工作，登表许多成绩，像养牛之每日挤牛奶一般"。但只是为了装门面，并无诚意为学术，为鼓励著作。……第三，减少国学院预算，没有决心办好学术研究事业。厦门大学于9月开办国学院，11月校长就要变更计划，

减少国学院预算。鲁迅先生为此事，去和校长谈话，"即提出强硬之抗议，以去留为孤注"。校长虽答应取消前议，可是"维持预算之说，十之九不久又会取消"，鲁迅先生当时已能够看出来了。

总之，有这样的学校当局，有"倚靠权势""胡作非为"的文科主任的"襄理"，有"陈源之流""弥漫厦大"的"现代评论派"等，这就使鲁迅先生感觉得"此地空气恶劣，当然不愿久居"。兼之学校当局对办学无真热情，无计划性，视教授为知识贩卖者，要尽其速交出成货，而却不重视其成绩。学校当局在国学院成立典礼时的演说，措辞何等堂皇，说整顿国学要看做（作）是最重要的事。而今竟然"空雷无雨""行不顾言"。预算任意缩减，教授所研究的成绩，不依原定计划出版，没有发展国学院前途的决心。这又使鲁迅先生觉得"即使无啖饭处，厦门也决不住下去的了"。

陈梦韶的分析将鲁迅当时所面临的复杂环境展现了出来。但是，以鲁迅的胸襟，仅仅是一些宵小的排挤，并不足以让他离开厦门，他完全可以如他之前所说的置之不理。所以，除却对这些丑恶事件的不屑，以及与学校当局的关系紧张，促使鲁迅离开厦门大学的一个很重要的原因还是许广平。许广平身在广州，而恰巧鲁迅又收到广州中山大学的聘书，因此，他最终选择了离开。

在鲁迅最初收到中山大学的邀请时，他犹豫再三还是拒绝了。因为他刚来不久，虽然有很多不如意，但就这样离开，他觉得有些对不起请他来的林语堂和厦门大学那些热情的学生们。更何况，他还没有忘记来厦门的初衷，与许广平的事情他有许多顾忌，所以虽然他们共同南下，却分隔两地。

鲁迅在厦门大学任教的合同期限为两年，许广平后来说过，她和鲁迅在离开北京前商量过这个问题，"我们约好：希望在比较清明的环境之下，分头苦干两年，一方面为人，一方面自己也稍可支持，不至于饿着肚皮战斗，减低了锐气。"他们在即将分别的时候也交换过意见，"大家好好地给社会服务两年，一方面为事业，一方面也为自己生活积聚一点必需的钱。"可以看出，鲁迅对于两人离开北京后立刻在一起是有些犹豫的，他觉得还是先分隔两地作为缓冲毕竟好。

毕竟，鲁迅和许广平之间有着巨大的差距，年龄问题还有自己已婚的问题，外界的舆论都有可能化为利刃影响到二人。因此，时刻为许广平着想的鲁迅没有立即就和许广平生活在一地。

然而，鲁迅终于坚定了爱意，意识到了自己爱的权利，再加上许广平的鼓舞，他这才彻底大胆放手去爱。

鲁迅写信给许广平，征求她的意见，渴望她给他"一条光"。

在鲁迅与许广平的爱情世界里，许广平一向是更大胆主动的一方。她不在乎那些流言蜚语，不在乎鲁迅已有妻室，甚至将朱安比作"遗产"来劝说鲁迅："你的苦了一生，就是一方为旧社会牺牲，换句话，即为一个人牺牲了你自己，而这牺牲虽似自愿，实不啻旧社会留给你的遗产，听说有志气的人是不要遗产的，所以粤谚有云——好子不受爷田地——而你这份遗产在法（宗法）又有监视你必要之势，而你自身是反对遗产制的，不过觉得这份遗产如果抛弃了，就没人打理，所以甘心做一世农奴，死守遗产，然而一旦赤化起来，农奴觉悟了，要争回自己的权利，但遗产也没法抛弃，所以吃苦，更有一层，你将遗产抛弃了，也须设法妥善安置，而失产后另谋生活，也须苦苦做工，又怕这项生活遭人排挤，所以更无办法……"

许广平知道鲁迅为了朱安这样一段包办婚姻吃了多少苦，她不忍鲁迅一直这样自我折磨下去，她期望和鲁迅能够活得更自在些，她说："我们是人，天没有叫我们专吃苦的权力，我们没有必受苦的义务，得一日尽人事求生活，即努力做去，我们是人，天没有硬派我们履险的权力，我们有坦途有正道为什么不走，我们何苦因了旧社会而为一人牺牲几个，或牵连至多数人，我们打破两面委曲忍苦的态度，如果对于那一个人的生活能维持，对于自己的生活比较站得稳不受别人借口攻击，对于另一方，新的局面，两方都不因此牵及生活，累及永久立足点，则等于面面都不因此难题而失了生活，对于遗产抛弃，在旧人或批评不对，但在新的，合理的一方或不能加任何无理批评，即批评也比较易立足，则生活不受困，人人可出来谋生，不须'将来什么都不做'，简直可以现时大家做，大家享受，省得先积钱，后苦苦过活，且无把握，但这样对遗产自不免抛荒，而事实上，遗产有相当待遇即无问题，因一点遗产而牵动到管理人行动不得自由，这是在新的状况下所不许，这是就正当解决讲，如果觉得这批评也过火，自然是照平素在京谈话做去，在新的生活上，没有不能吃苦的。"

对于她自己，许广平更是鼓励鲁迅："至于做新的生活的那一个人，照新的办法行了，在党一方不生问题——即不受党责——在生活一方即能继续，不必因此'将来什么都不做'，而且那么办立时什么都可以做，不必候至民国十七年。"

鲁迅常常担心的问题便是怕许广平和自己在一起是一种"牺牲"，对此，许广平更是坚定地告诉鲁迅，那是他自己的想法，许广平并不认为是

"牺牲"："你'一向常常想到的思想'，实在谬误，'将人当作牺牲'一话，万分不通，牺牲的解释，如吾人以牛羊作祭品，在牛羊本身并非愿意甘心的，所以不合，而'人'则不如此，天下断没有人而肯甘心被人宰割，其非宰割，换言之，这一方出之爱护，那一方出之自动愿意，则无牺牲可言，其实天下间即无所谓牺牲，譬如吾人替社会做事，大家认为至当的了，因此有公义而制却私情，在私情上也可以说牺牲，而人们不在意此点，还是向公义上走，即认公义为比较的应为，急为而已。但所谓应，所谓急，随时间环境而异，取其比较合适而为，我认为舍此做法即无合适满意者，我即切实行去，这是我为取舍抉择而知何者当牺牲，何者当取择，天下固不能全有，亦只有取吾所好，既好而取，即得其所，亦即遂吾志愿，此三尺童子所知，而三尺多的小孩子反误解，当记打手心十下于日记本上。"

许广平坚定的理解、支持，以及对爱情的执着、勇敢，深深地打动了鲁迅，鲁迅终于不再犹豫，勇敢地走向许广平。他对许广平说："无论如何，我还是到中大去。"不再需要缓冲，既然爱人都能够不顾一切和他在一起，他又何必畏畏缩缩，不敢前行呢？

一直存在于鲁迅心中的顾虑，在他和许广平分隔两地后，终于消散开来。他接下了中山大学的聘书，在厦门大学任教四个月后，离开了这座海滨城市，向自己爱人的方向飞奔而去。

儿女情长情更真

鲁迅与许广平

重聚广州仍飘摇

1927年1月16日，鲁迅在厦门乘坐"苏州"号海轮前往广州。

看着海轮离开厦门，离开这座他生活了四个多月的城市，鲁迅的心头涌起一丝别样的情怀。想到几个月前，他来这里的时候，心中抱着那么大的期望，他还想要在这里一展拳脚，如何会想到这么快就要离开了这里。壮志未酬，他的内心十分落寞。唯一能够安慰他的也只有和许广平的相聚，想起这些，鲁迅心头的惆怅才散去了一些。当然，他在厦门大学也并非没有一丝收获，与他同行的还有三个学生，都是在厦门大学就一直尊敬、推崇他的学生，如今又为了追随他而要转学去中山大学。

1月18日，"苏州"号缓缓地靠近广州海岸。看着离自己越来越近的海岸线，看着熙熙攘攘的人群，想到离爱人更近一步，鲁迅的心头有些激动。他不禁去想：在中山大学究竟会怎样呢？他的心里十分忐忑，中山大学也是培养革命人才的"摇篮"，鲁迅心中自然还是抱有很大的希望，希望这里和厦门大学不同，希望这里是真正的进步、革命之地。但同时他又担心这里如同厦门一样，并没有施展抱负的机会。他只有在心底默默期望，期望这是一个好的开始。

因为海上行程不确定，所以鲁迅并未告诉许广平他抵达广州的时间。下船后，他找到一家旅馆，匆匆收拾了行李就走出了旅馆的大门。与许广平的分别已有小半年了，心中的思念此时愈加倍增，这使他不顾旅途的劳累，匆匆赶往许广平的家。

许广平和自己的妹妹、寡嫂和侄子住在位于高第街一百七十九号的家中。鲁迅站在门前徘徊了许久，爱人近在咫尺，他却有些胆怯了。他不知道许广平孤身一人的日子是否还好，不知道没有在一起的这些日子会不会让两个人变得陌生。他整理好思绪，走入许广平家的大门，鲁迅终于见到了日思夜想的爱人。让鲁迅欣慰的是，长时间的分隔并没有让两人产生隔膜，他们看着对方，心中都涌出一丝喜悦。他们历经了许许多多的艰难困苦，终于克服了心中的障碍，走到了一起。

他们有许多的话想说，但一时又不知如何开口。但长期形成的默契，他们俩往往只是彼此看对方一眼，就能读懂对方眼中的爱与思念。一切就尽在无言之中。

此时的许广平已经离开了广州女子师范学校。当初许广平欣然回到广州，希望能将自己的所学回报给自己的母校和家乡。但她没想到广州的革命形势会如此复杂，即使一个小小的学校也有许多派系。她与学校的右派学生矛盾重重，派系的争斗甚至令她想去汕头工作，试图来远离这一切。如今鲁迅来到了广州，她打消了去汕头的念头，准备再在广州找一份其他工作。

鲁迅之前已了解了这些情况，在离开厦门时就已有了打算，于是邀请许广平做他的助教。这次轮到许广平有些犹豫，虽说在与鲁迅的关系中，她一直是比较主动的一方，但也许是在家乡的缘故，她也有了一些顾忌，也担心有一些不好的流言。对待感情一向有些怯懦的鲁迅，也许是短暂的分离让他思索清楚了和许广平的关系与未来，变得勇敢起来，他对许广平说："不必连助教都怕做，对语都避忌，倘如此，可真成了流言的囚人了。"许广平看到鲁迅的鼓励与坚持，最终接受了鲁迅的邀请。

　　寒假期间，许广平带着鲁迅游览了广州的风光，迅速地消除了鲁迅对这座城市的陌生感。在生活上，许广平更是无微不至地照顾着鲁迅，她担心鲁迅吃不惯广州的饭菜，为此没少亲自下厨；又担心鲁迅不适应广州的气候，时时记得提醒他加减衣物。当时恰巧赶上了旧历的新年，许广平担心鲁迅孤单，时刻陪着他身边照顾他。虽然孤身一人在异乡，但鲁迅心中从来没有觉得这么温暖、这么幸福过。

　　寒假转瞬即逝，鲁迅搬进了中山大学。鲁迅来中山大学之初，住在中山大学大钟楼的二楼。后来，因为来访者的频繁打扰，他便和同样在中山大学的许寿裳在广州东堤白云楼十六号租了房子居住。除了自己的房间和许寿裳的房间，鲁迅还为许广平也预备了一间房，邀她来住。许广平本来有些犹豫，但想到作为助手，住在一起确实更方便，况且她和鲁迅的关系迟早要公布的，再加上鲁迅的真诚邀请，她便也住了进来。

　　这次，不仅在生活上，许广平在工作上也成了鲁迅的左膀右臂。因为鲁迅的语言不通，许广平就担任了鲁迅的"私人翻译"，陪着他做了许多的演讲。比如鲁迅在香港《无声的中国》和《老调子已经唱完》的演讲，在黄埔中央军校《革命时代的文学》的演讲，在知用中学《读书杂谈》和在广州夏期学术演讲会上《魏晋风度及文章与药及酒之关系》等演讲。

　　鲁迅的这些演讲都非常精彩，他的演讲往往没有底稿，讲起来更是旁征博引，许广平的翻译工作可见非常困难和辛苦。好在她始终陪伴在鲁迅身边，两个人之间十分有默契，她总能准确地表达鲁迅的意思。使人们既能领略到鲁迅蓝青官话的风采，又能听到许广平广东话翻译的准确意思。可见，许广平在鲁迅工作上的作用不是旁人所能替代的。

共筑爱巢定上海

9月27日，鲁迅和许广平离开广州登上了开往上海的"山东"号海轮。鲁迅和许广平看着翻滚的浪花，一时没有说话。广州海岸越来越远，那里曾经是他们的希望，他们原本以为能在那里生根发芽。没想到还是这么快就离开了。二人一时有些惆怅。但看到身边始终相随的许广平，鲁迅心中略微舒了口气，他牵起了许广平的手，两人相视一笑，愁云顿时散开不少。虽然离开了广州，但是两人从此时此刻开始就真正的在一起了，那么前面的路在何方，又有什么关系呢？未来虽不能预测，但只要两人同心协力，还有什么是不能克服的呢？于是，二人抛开了离别的愁绪，依偎在一起，看着眼前的碧海蓝天，共同畅谈着对未来的期许。

经过一周的海上漂泊，10月3日，鲁迅和许广平如期抵达了上海，他们在码头附近的旅馆住下。

听说鲁迅抵沪的消息，鲁迅在上海的朋友纷纷设宴邀请，为他接风洗尘。孙伏园、孙福熙，李小峰夫妇，郁达夫、王映霞等人都对他的到来表示了极大的欢迎。许久未见的朋友借着宴会的机会叙旧，气氛非常热烈。而且，鲁迅这次携许广平来上海，在好友面前，不再像以前一样遮遮掩掩。每次的宴会，鲁迅都带着许广平一同参加，席间也丝毫不回避两人之间的亲密。在郁达夫的一次宴会上，许广平正要喝饭后的咖啡，鲁迅连忙制止了她，说："密司许，你胃不行，咖啡还是不吃的好，吃些生果罢！"这些微小的亲密举动，使鲁迅的好友都看出了他和许广平之间的爱恋关系。

许广平与鲁迅的正式结合是在1927年10月8日，这一年，鲁迅四十六岁，许广平二十九岁。这一天，鲁迅和许广平在朋友的帮助下搬到了上海景云里二十三号，附近还有周建人、叶圣陶等亲友居住。鲁迅和许广平永远也无法忘记这栋小楼，他们就是在这里正式结合。经历了多年的磨炼，他们从师生，到战友，最终到亲密无间的爱人，他们终于冲破了世俗的束缚走到了一起。

鲁迅与许广平在这里正式开始了同居生活。对于名分，许广平并不看重，只要能和鲁迅在一起，其他的事情她并不在意，她说："对兹事亦非要世俗名义，两心相印，两相怜爱，即是薄命之我屡遭挫折之后的私幸生活。"后来，许广平跟周作人、许寿裳同修《鲁迅年谱》时，讲到这一段，初稿的措辞是"与许广平女士以爱情相结合，成为伴侣"，但许广平将其修改为"与许广平同居"六个字。她说："我们以为两性生活，是除了当事人之外，没有任何方面可以束缚，而彼此间在情投意合，以同志一样相待，相亲相敬，互相信任，就不必要有任何的俗套。我们不是一切的旧礼教都要打破吗？所以，假使彼此间某一方面不满意，绝不需要争吵，也用不着法律解决，我自己是准备着始终能自立谋生的，如果遇到没有同住在一起的必要，那么马上各走各的路……"

许广平反对封建思想的束缚，她摒弃了一切世俗的观念，她的胸襟让人敬佩，但他和鲁迅的同居仍然引来了许多舆论。

虽然他们的同居得到了鲁迅部分朋友的支持，但还是招来了许多人尖锐的指责，流言蜚语很快传播开来。

有的人制造谎言，责怪许广平第三者插足，"从中作梗"破坏了鲁迅和朱安的幸福生活。但这些人可曾想到，鲁迅和朱安的婚姻本就是有名无实，怎谈得上是幸福呢？

也有人拿封建传统来指责鲁迅，说他"弃北京之正妻而与女学生发生关系，实为思想落伍者"，还认为许广平只能算是"小妾"或者"姨太太"。这种说法是传统文人对婚姻价值观的一种披露，但不免有些酸腐守旧。他们不能接受的是鲁迅和许广平同居的事实，因为这打破了封建伦理。他们不理解鲁迅和许广平正是打破了这些封建守旧的条条框框的束缚才结合到一起的。

除却世俗的流言，鲁迅和许广平双方的家庭也有很多反对的声音。此时与鲁迅已闹僵关系的二弟周作人，居然还公开声明绝不承认鲁迅和许广平的婚姻，认为他们的婚姻是不合法的。许广平的一些亲属也因此选择跟她断绝了关系。

鲁迅和许广平对他们的行为并不是完全不在意的，但他们已经下定了决心，不可能会因为一些反对的声音而产生动摇。他们两个人是为了爱走到一起的，因此，对于这些流言，对于别人的指指点点，鲁迅和许广平选择了置之不理，以"在一起"作为他们的有力回答。

但是，这些外界的评论在鲁迅和许广平的心中也掀起了波澜，令他们内心有一丝丝的踌躇和不安。毕竟年龄差距和已婚的问题始终都伴随着鲁迅，即使许广平的主动坚定了他的决心，但这些忧虑还是会有些许浮上心头。

而且，鲁迅的身份在文化教育界是有　定影响力的，关注他的人很多，为了不给对立者授以攻击的把柄，鲁迅仍然没有公开和许广平的同居。他将许广平的房间设置在三楼，自己住在二楼，对外说许广平只是自己的助手，帮助他做校对工作。如此小心翼翼，可见鲁迅的慎重与心中的矛盾。

这些外界的环境压力使得一向大胆示爱的许广平也低调了许多，在她怀孕以前，她也不曾跟自己的亲友透露过实情。

当然，他们也只是不想在此时落人口实，毕竟现在的生活还不稳定，还有许多未知的危险，小心一点总是没错。总体来说，他们还是没有理会这些流言蜚语的。

许广平在这一时期所著作的《为了爱》，恰巧点明了许广平的心境。诗中对流言蜚语的不屑，以及对爱情的坚定信念都表露无遗：

为了爱
我们这样的行。

一切的经过，
看《两地书》就成，
那里没有灿烂的花、
没有热恋的情。

我们的心换着心，

为人类工作，

携手偕行。

你孤独了的一生，

书中没有说起女人，

在十年以前。

过度的时代，

自己"肩了黑暗的闸门"，

让别人生存。

朋友多晓得你，

我的爱人！

在深澈了解之下，

你说："我可以爱。"

你就爱我一人。

我们无愧于心，

对得起人人。

此刻，

有些人忽然要来清算，

横给我们罪名。

说什么："每星期都有信"。
好似我从中作梗。

卑鄙的血液染黑了心,
封建的思想盘据着神经。

他们想拿法律,
来杀普天下人。

在亚当、夏娃的心目里,
恋爱结合神圣;
在将来解放的社会里,
恋爱,再——
志同道合,成就婚姻。
那言语不通,
志向不同,
本来并不同在的,
硬说"佳偶",
就是想污蔑你的一生。

真理或有时存在,
我将依着进行。

所有那些狡计，

让他发昏，

为了爱，

我这样的行。

这首诗虽然是鲁迅逝世后正式发表的，但其中的言语正能够表明许广平当时的决心。

鲁迅与许广平正式结合，却没有举办任何结婚庆祝仪式，甚至都没有通知身边的朋友，连喜酒喜糖都没有请大家吃。不过，这却不是为了躲避流言蜚语。鲁迅曾解释说："人们做事，总是做了才通知别人。譬如养了小孩，满月了才吃喜酒，这是不错的。却是为什么，两性还没有同居就先请吃结婚酒呢？这是否算是贿赂，请了客就不会反对了。"

在结婚这件事上，鲁迅和许广平格外低调。也许是前一次不幸的婚姻让鲁迅认识到，不管仪式再烦琐、再正规，如果没有爱，那这些仪式就只是仪式，没有丝毫的意义。就像他和朱安结婚时一样，完全按照传统婚礼的繁文缛节来办，但是仍旧没有任何幸福可言。而他跟许广平是不一样的，他们之间是存在深深的情意的，只要有爱在，那么有没有仪式就都无所谓了。

鲁迅和许广平甚至都没有为房子做任何喜庆的装饰，家具也都是旧的，有些是跟房主借的，有些是他们从旧商店买来的。而装书的大木箱还是当初从北京带走的，从广州又辗转带到上海。

虽然外在看不出一点痕迹，但自从生活在一起后，鲁迅的内心还是发生了很大的变化。尤其是他的心态年轻了很多，精神面貌变化很大，身体也因此好了很多，每天都精神焕发，工作起来也更有干劲儿了。

鲁迅和许广平的生活一切照旧，显得那样平常。但就是在这样平静中，他们开始了幸福的生活。经历了风风雨雨之后，他们终于拥有了幸福美满的婚姻。

忙碌生活现宁静

鲁迅和许广平结婚后，并没有沉浸在二人的感情世界中，而是很快地投入到文艺运动的事业中去。许广平则在鲁迅的身后，默默地为他照顾生活起居，做好他工作的助手。

他们的爱情没有什么风花雪月，就像鲁迅在1929年3月22日给韦素园的信中说的一样，他和许广平的"'新生活'，却实在并非忙于和爱人接吻，游公园，而苦于终日伏案写字"。

这样一来，鲁迅和许广平的新婚生活，就和别人是很不一样的。鲁迅在写作的时候，是很忌讳别人打扰的，许广平回忆起刚结婚时的光景说道："我们初到上海的时候，住在景云里的最末一幢房子里。有一天，差不多是深秋，天快暗了，他还在那里迷头迷脑，聚精会神，拿着笔在写不完的尽写尽写。我偶然双手放在他的肩上，打算劝他休息一下，哪晓得他笔是放下了，却满脸的不高兴。我那时是很孩子气，满心好意，遭到这么一来，真像在北方极暖的温室骤然走到冰天雪地一样，感觉到气也透不过来地难过。稍后，他给我解释：'写开东西的时候，什么旁的事情是顾不到的，这时最好不理他，甚至吃饭也是多余的事。'这个印象给我是非常之深刻的，从此处处更加小心，听其自然了。"从许广平的话中我们不难看到她作为新婚少妇娇憨之态，同时也看到了鲁迅忘我工作情况，让人感受到他们不一样的婚后生活。

虽然他们的婚后生活总是要和无尽的工作打交道，但鲁迅和许广平的感情是超脱于一般夫妻之上的。毕竟他们的感情是有着坚实的师生情谊为基础的，用许广平自己的话说："我自己之于他，与其说是夫妇的关系，倒不如说不自觉地还时刻保持着一种师生之谊。这说法，我以为是妥切的。"许广平也曾天真地问鲁迅："我为什么总觉得你还是我的先生，你有没有这种感觉？"鲁迅听了，也总是温柔一笑，说："你这傻孩子。"正因为许广平心中始终把鲁迅看成是自己的老师，她才能从点滴的生活之中了解鲁迅的品格，才能取长补短向鲁迅学习。

在他们结婚不久后，许广平真的又做了一回鲁迅的学生。早在两人遥居广州、厦门时，鲁迅就希望许广平能学习一门外语。婚后闲谈中，鲁迅再一次提出了这个想法。于是从1927年12月起，鲁迅开始教授许广平日语。

鲁迅是一个非常尽职的老师，他先是给许广平编写了二十七篇课文，从基础开始，逐步深入，为她讲解。鲁迅的工作很忙，只有晚上有时间讲课，每到夜晚，两人就在一起上课。在每一个宁静的夜晚，他们都用自己的方式进行着心灵的沟通。不必有什么浪漫的约会，这样亲近的上课机会就是他们最好的约会。只花了大约一个月，这本讲义就讲完了，鲁迅又将课本换为《ナイルの草》（即《尼罗河之草》）。这是一本论艺术的书，简明地阐述了艺术的发展史，从原始时代的艺术到埃及的狮身人面像，从中世纪到文艺复兴，从油画到建筑，简直是面面俱到。学习了这本书，许广平不仅提高了自己的日语水平，而且大致地掌握西方艺术的发展概况。这本书许广平学了整整十个月。从1928年10月30日开始，鲁迅又向许广平讲授了日文版的《马克思读本》。鲁迅那时候也是刚刚开始接触马克思主义，他在教授许广平的同时，自己也处在学习的过程中。面对着这新鲜又伟大的真理，他们常常一起讨论，心中不断地产生着共鸣。为了"培养"许广平，鲁迅可谓是费尽了心思。在这样的授课以及讨论学习的过程中，鲁迅和许广平仿佛又回到了几年前的师生时光，仿佛又回到了热恋的时代，两颗心在不断地切磋磨合中靠得更近了。

　　除了学习工作的交流，在生活中，许广平仍旧是一个尽职尽责的家庭主妇。她精心照料着鲁迅的起居和饮食，对鲁迅的关照可谓是无微不至。鲁迅的收入有限，为了节省开支，她学会精打细算，缝衣做饭自不必说，她还学会了做棉鞋、打毛衣。鲁迅的所有事务，不论生活还是工作，全都由她一人悉心照料，就连鲁迅也向别人感慨地说："现在换衣服也不晓得到什么地方拿了。"

　　鲁迅到上海后，虽然不用教书，但生活依然非常繁忙，不论白天还是黑夜，都被他排满了工作。夜深了，许广平因为家务的劳累，不得不在极度疲劳的状态悄然进入了梦乡。而鲁迅却仍旧伏在案前，忙碌、紧张地工作。等他忙完，天已经微微有些亮了，而这时，许广平已经为他做好了早点。鲁迅吃完早点后才躺下休息，许广平接着替他抄写和校对稿件。他们彼此轮流工作，交流虽然很少，但却彼此关怀。许广平的生活也非常繁忙，除了帮助鲁迅的工作，她还要照顾鲁迅的生活起居。

他们有时也会忙里偷闲，会抽出一些时间，彼此聊聊天。有时在许广平睡前，有时在鲁迅工作疲惫时，尽管时间很短，但他们的内心都感觉很开心。有时，他们也到外面去散散步，或者一起看看画展，有时甚至还去看电影。这种休闲活动大多是由鲁迅提议，除了为了放松休息，更是鲁迅对妻子无微不至照顾的感激。

当然，他们之间也会有小小的风波。深陷爱情中的男人总是有些孩子气的，再加上鲁迅的性格本就倔强，有时因为许广平的话不高兴，他就以沉默来表达自己的不满。有时还会独自一人跑到阳台上无言地睡下，直至许广平把他叫醒。这样的举动让许广平的心中非常难受，时常感到忧郁。不过，慢慢地她也能够理解鲁迅的举动。鲁迅自己也知道这样会给爱人带来伤痛，于是也会不好意思地对许广平说："我这个人脾气真不好。"许广平一听就更加不忍责怪他了。

日夜繁忙的鲁迅在许广平的照料下，精神愈发好了。恰逢徐钦文从杭州来到上海，他看到鲁迅良好的精神状态，便和章廷谦一起邀请鲁迅和许广平去杭州游玩。章廷谦之前就多次邀请鲁迅去杭州散心，但鲁迅工作繁忙都推脱未去。本来，在他和许广平离开广州的时候，他们也商定要去杭州西湖游玩的，但由于紧张繁忙的工作，这个计划被一再地推迟。这一次，鲁迅本来仍然有些犹豫的，但想到自许广平和他结婚后始终繁忙的身影，他还是放下了手头的工作，决定陪许广平去杭州游玩一番。鲁迅的决定让许广平非常开心，她听说祖父做过杭州巡抚，一直想要去实地考察，而且浙江是鲁迅的家乡，她也很想去看看鲁迅生活过的地方。

"上有天堂，下有苏杭"，西湖的风景本就怡人，再加上有许广平的陪伴，鲁迅这次的杭州之行可以说是别有一番滋味。他们在杭州待了四天，先后游览了西泠学社、灵隐寺、虎跑寺等著名景点。鲁迅和许广平玩得非常开心，尤其是在灵隐寺的壑雷亭，许广平看到了"壑雷亭"的牌匾正是自己的祖父所题，她长久以来的心愿得到实现，内心的欣喜可想而知。

除了游玩，他们还吃了许多当地的美食，许多都是许广平以前从未吃过的。她看到鲁迅对那些菜肴赞不绝口，还下定决心以后要学做浙江菜给鲁迅吃。

快乐的时光总是飞快地度过，他们在杭州游玩了四天就返回了上海，因为还有许多的工作等着鲁迅去做。但这四天的游玩，在鲁迅的一生中也只此一次。他总是将精力贡献给事业，难得有自我放松的机会，这次还是多亏了许广平，才有了这次机会，也难怪他的朋友们都称这次杭州之行为他和许广平的"蜜月之旅"了。

婚后小别情更浓

　　鲁迅和许广平在上海的生活逐步步入正轨，虽然他们有时也会怀念以前在北京的生活，但自从那年离开还从未回去过。1929年，鲁迅忽然接到了母亲生病的来信，他再三思索，最终决定会北京看一看。自从1926年和许广平一起离开北京，鲁迅已经将近三年没有回过北京了。本来他打算带许广平同往，但此时的许广平已经怀有五个多月的身孕，行动不便，再加上他们唯恐刺激到家中的朱安……最终，许广平便留在了上海，由鲁迅一人独自北上。

　　鲁迅回北京后，许广平一个人留在上海，晒晒太阳看看书，倒也悠闲自得。期间，许广平给好友常瑞麟写了一封信，信上讲明了自己和鲁迅相恋的始末，这是她第一次公开和鲁迅的关系：

　　　　说到经济，则不得不将我的生活略为告诉一下，其实老友面前，本无讳言，而所以含糊至今者，一则恐老友不谅，加以痛责，再则为立足社会，为别人打算，不得不暂为忍默，今日剖腹倾告，知我罪我，惟老友自择，老友尚忆在北京当我快毕业前学校之大风潮乎，其时亲戚舍弃，视为匪类，几不齿于人类，其中惟你们善意安慰，门外送饭，思之五中如炙，此属于友之一面，至于师之一面，则周先生（你当想起是谁）激于义愤（的确毫无私心）慷慨挽救，如非他则宗帽胡同之先生不能约束，学校不能开课，不能恢复，我亦不能毕业，但因此而面面受敌，心力交瘁，周先生病矣，病甚沉重，医生有最后警告，但他本抱厌世，置病不顾，旁人忧之，事闻于我，我何人斯，你们同属有血气者，又与我相处久，宁不知人待我厚，我亦欲舍身相报，以此脾气，难免时往规劝候病，此时无非惺惺相惜，其后各自分手，在粤他来做教师，我桑土之故，义不容辞，于是在其手下做事，互相帮忙，直至到沪以来，他著书，我校对，北新校对，即帮他所作，其实也等于私人助手，以此收入，足够零用，其余生活费，则他在南京有事（不须到）月可三百，每月北新版税，亦有数百（除北京家用）共总入款，出入还有余裕，则稍为存储于银行，日常生活，并不浪掷，我穿着如你所见，所以不感入不敷出之苦，这是我的生活，亦是我的经济状况，周先生对家庭早已十多年徒具形式，而实同离异，为过度（渡）时代计，不肯取登广告等等手续，我亦飘零余生，向视生命如草芥，所以对兹事亦非要世俗名义，两心相印，两相怜爱，即是薄命之我屡遭挫折之后的私幸生活。

许广平还告知了自己怀孕的事情，面对他人可能会得知这个情况，许广平已经做好了心理准备，"今日他到北平省母，约一月始回，以前我本打算同去，再由平往黑看看你们，无奈身孕五月，诚恐路途奔波，不堪其苦，为他再三劝止，于是我们会面最快总须一二年后矣。纸短言长，老友读此当作何感想，我之此事，并未正式宣布，家庭此时亦不知，知之为知之，不知为不知，谅责由人，我行我素，毓妹来沪，亦未告知，如有人问及，你们斟酌办理，无论如何，我俱不见怪。现时身体甚好，一切较以前健壮，将来拟入医院，正式完其手续，可勿远念。"

　　这封信是许广平第一次以文字的方式告诉别人他们在一起并且有孩子的事实。从信中可以看出，他们二人的关系此时并未公开，连许广平的家人也还不知道。但她与鲁迅在一起的决心此时已表露无遗。

　　从5月13日离沪到6月3日归来，鲁迅在北京待了整整二十天。这是他们结合后的第一次分别，对于这对新婚的恋人来说无疑是饱尝一种折磨。在这短短的二十天中，两个人总共写了二十一封信，其中鲁迅写了十一封，许广平写了十封，几乎是每天都要写信。这样频繁的通信不难看出两人的思念，也能感受到他们之间的情真意切。

　　最先写信的是许广平，随着鲁迅登上北上的火车，她的心也跟着鲁迅一起飞走了，于是鲁迅走的当天她就写了封信，"今天是你头一天自从我们同住后离别的第一次，现时是下午六点半，查查铁路行车时刻表，你已经从浦口动身开车了半小时了，想起你一个人在车上，一本文法书不能整天捧在手里，放开的时候，就会空想……"

　　在信中，许广平还亲切地称鲁迅为"小白象"，自称"小刺猬"。"小白象"的由来是因为林语堂的一篇文章，文章中将鲁迅誉为"白象"，大象多是灰色，鲁迅在中国难能可贵，因此是"白象"。许广平在前加一"小"字，就变成了对鲁迅的爱称。而"小刺猬"是缘于鲁迅在北京时买的一个小刺猬镇纸，他非常喜爱，因此就演变成了对许广平的爱称。担心鲁迅路上的安全，虽然满是思念，但许广平还是希望鲁迅能快点到北京，她说："小白象，现时是十四日下午六时廿分，你已经过了崮山快到济南了，车是走得那么快，我只愿你快些到目的地，以免路中挂念。"

鲁迅一到达北京，安顿下来，也立刻写信给许广平，除了称"小刺猬"，他还亲昵地称她为"乖姑"，"久说必须回家一趟，现在是回来了，了却一件事，总是好的。此刻是十二点，却很静，和上海大不相同。我不知乖姑睡了没有？我觉得她一定还未睡着，以为我正在大谈三年来的经历了。其实并未大谈，我现在只望乖姑要乖，保养自己，我也当平心和气，度过预定的时光，不使小刺猬忧虑"。

鲁迅走后，许广平几乎每时每刻都在思念鲁迅，恨不得时时写信给鲁迅，写信成了她日常的必备，"今天下午刚发一信，现时又想执笔了，这也等于我的功课一样，而且是愿意习的那一门。"

自从两人生活在一起，鲁迅的起居都是许广平在亲力亲为地照顾，猛地分开，她非常不习惯，在鲁迅要起床的时间都还会醒来，于是思念更甚："我记得你那句总陪着我的话，我虽一个人也不害怕了，两天天快亮都醒，这是你要睡的时候，我总照常地醒来，宛如你在旁预备着要睡，又明知你是离开了。但古怪的感情，这个味道叫我如何描写？好在转瞬天真个亮了，过些时我就起床了。"许广平是热情且直白的，她的这些思念从不回避，都一一写信告诉鲁迅，为了鲁迅能更快收到自己的信，她更是要亲自送到邮局："我寄你的信，总喜欢送到邮局，不喜欢放在街边绿色铁筒内，我总疑心那里是要慢一点的，然而也不喜欢托人带出去，于是我就慢慢地走出去，说是散步，信收在衣袋内，明知被人知道也不要紧，但这些事自然而然似觉含有秘密性似的。信送到邮局，门口的方木箱也不愿放进去，必定走到里面投入桌了下，心里又想，天天寄同一名字的信，邮局的人会不会古怪？挽救之法，于是乎用别号的三个较生眼的字，而不用常见的二字，这种思想，自己也觉得好笑，但也没有支配这个神经的神经，就让他胡思乱想罢。当走去送信的时候，我忆起有个小人夜里走到楼下房外信局的事，我相信天下痴呆不让此君了。但北平路距邮局远，自己总走不便，此风万不可长，宜切戒！！！！"

尽管与鲁迅的通信来往颇为频繁，但许广平的思念却并未因此减少分毫，用她自己的话来说："无论如何，不在面前，总是要牵连着的。"她与鲁迅的信中讲述的都是生活中的琐事，但正是这些琐事才更能体现出两个人的感情。

"我这两天因为没甚事体，睡的也多，食的也饱，昨夜饭曾添了二次，你回来一定见我胖了。我极力照你的话做去，好好的休养……"她不仅关心鲁迅的身体，也知道鲁迅牵挂着自己，她知道怎样才能让鲁迅安心，因此即使饱受思念折磨，她也极力照顾好自己的身体，让鲁迅能在北京安心做自己的事情，"你的乖姑甚乖，这是敢担保的，他的乖处就在听话，小心体谅小白象的心，自己好好保养，也肯花些钱买东西吃，也并不整天在外面飞来飞去，也不叫身体过劳，好好地，好好地保养自己，养得壮壮的，等小白象回来高兴，而且更有精神陪他。他一定也要好好保养自己，平心和气，度过预定的时光，切不可越加瘦损，已经来往跋涉，路途辛苦，再劳心苦虑，病起来怎样得了！"

许广平担心自己不在身边鲁迅不能好好照顾自己，又知道鲁迅担心她比担心自己更甚，于是还以此来劝告鲁迅照顾好身体："你近来可较新回去时安静些否，你总要想起小刺猬，想起你的乖姑不愿你吃苦，你体谅这点心，自己好好的。"

"小刺猬的生活法，据报告，很使我放心。我也好的，看见的人，都说我样子比出京时稍好，精神则好得多了。这里天气很热，已穿纱衣，我于空气中的灰尘，已不习惯，大约就如鱼之在浑水里一般，此外却并无不舒服。"许广平的这种体谅，鲁迅心底非常清楚，也非常欣慰，"我是好的，能食能睡，加以小刺猬报告她的近状，知道非常之乖，更令我放心。"

此时的鲁迅哪有一点平时的犀利，他的语气中透露着温柔与关怀，处处展现着他身为男人的温柔面，"小刺猬，这里的空气，真是沉静，和上海的动荡烦扰，大不相同，所以我是平安的；但只因为欠缺一件事，因而也静不下，唯看来信，知道小刺猬在上海也很乖，于是也就暂自宽慰了。小刺猬要这样继续摄生，万勿疏懈才好。"

"现在精神也很好，千万放心，我决不肯将小刺猬的小白象，独在北平而有一点损失，使小刺猬心疼。"正如许广平所料，鲁迅关心她确实超过关心自身，他们都设身处地地为对方着想，这大概就是相濡以沫吧。

鲁迅给许广平的信中不可避免地要提到母亲和朱安对于他们在一起的事情的态度。他在信中这样写道："关于咱们的故事，闻南北统一以后，此地忽然盛传，研究者也很多，但大抵知不确切。上午，令弟告诉我一件故事。她说，大约一两月前，某太太对母亲说，她做了一个梦，梦见我带了一个孩子回家，自己因此很气愤。而母亲大不以气愤之举为然，因告诉她外间真有种种传说，看她怎样。她说，已经知道。问何从知道。她说，是二太太告诉她的。我想，老太太所闻之来源，大约也是二太太。而南北统一后，忽然盛传者，当与陆晶清之入京有关。我因以小白象之事告知令弟，他并不以为奇，说，这也是在意中的。午前，我就告知母亲，说八月间，我们要有小白象了。她很高兴，说，我想也应该有了，因为这屋子里，早应该有小孩子走来走去。这种'应该'的理由，和我们是另一种思想，但小白象之出现，则可见世界上已以为当然矣。"

鲁迅回到北京，就不得不面对他和许广平在一起后的众多舆论。他以前虽有担心，但现在更多的却是在一起的决心，他说："看现在的情形，我们的前途似乎毫无障碍，但即使有，我也决计要同小刺猬跨过它而前进的，绝不畏缩。"

"我对于一切外间传言，即最消极也不过不辩，而大抵以是认之时为多，是是非非，都由他们去，总之我们是有小白象了。"鲁迅并不在意坊间的舆论，有什么能抵得过他和许广平在一起的幸福生活呢？"小刺猬，我们之相处，实有深因，它们以它们自己的心，来相窥探猜测，哪里会明白呢。"爱情本就是两个人的事，在高长虹事件后，鲁迅就已经深深地明白这一点，他可以奋不顾身地去爱，去呵护着自己的家庭。

不过鲁迅这次回京也是有意想要考察一下北京的生活环境，但此次看来，此时的北京似乎还是不适合他和许广平，更不适合他们即将出生的孩子，他在信中也告诉了许广平自己的决定："我却并不愿意小白象在这房子里走来走去，这里并无抚育白象那么广大的森林。北平倘不荒芜下去，似乎还适于居住，但为小白象计，是须另选处所的。这事俟将来再议。"

爱情结晶喜诞生

在鲁迅和许广平的家庭生活中，他们最大的欢乐就是有了爱情的结晶——儿子海婴。

鲁迅和许广平因时间、精力有限，再加上经济并不宽裕，本来是不打算要孩子的。但真当这个孩子意外来临的时候，两个人心中还是非常高兴。特别是鲁迅，他此时已将近五十岁，可谓是老来得子，不但有了真挚的爱情和美满的婚姻，还有了孩子，这是他以前不敢想象的，他心中的欣喜可想而知。

1929年9月26日上午，许广平感到阵阵腹痛，她和鲁迅的爱情结晶就要来到人间。年近五十的鲁迅十分兴奋，他的身体因过度劳累而有些发烧，但得知妻子即将生产，他的病就仿佛立刻痊愈了一样。鲁迅把许广平送到了医院，但孩子却迟迟生不下来。面对许广平的难产，医生征求鲁迅的意见，问他留小孩还是留大人，鲁迅毫不犹豫地选择了留大人。27日清晨，经过了二十七八个小时的阵痛，鲁迅和许广平的儿子海婴终于诞生了。看到许广平艰难生下的孩子，鲁迅抱怨说："是男的，怪不得这样可恶。"但是如今看到母子平安，他心底是庆幸且高兴的。

第二天，鲁迅满面欢悦地拿着一棵小巧玲珑的松树来到医院，送给了许广平。这棵青松为病房添加了一抹生机，就像是孩子给他的生活也带来了一丝绿意。鲁迅几乎每天都要往医院去两三次，亲自给许广平送来食品和其他用品，有时还领着几个前来庆贺的朋友。像每个刚做父亲的人一样，他自豪地向朋友夸赞自己的儿子。看着儿子沉睡的脸，他总是说："真像我。"但又不好意思地补充道："我没有他漂亮。"看着鲁迅因幸福而有了红晕的脸庞，许广平的心中异常满足。

从孩子生下来，鲁迅和许广平就在商量孩子的名字。在儿子出生后的第四天，鲁迅又问许广平有没有想到什么好的名字，许广平说没有，鲁迅便说他倒是想起两个字，不知道合适不合适，让许广平帮他参考："因为是在上海生的，是个婴儿，我叫他海婴。这名字读起来颇悦耳，字也通俗。但却绝不会雷同。……如果他大起来不高兴这个名字，自己随便改过来也可以，横竖我也是自己再另起名字的，这个暂时用用也还好。"许广平略一思索，立刻就同意了这个名字。

鲁迅和许广平还为海婴起了一个小名，叫"小红象"，和鲁迅的昵称"小白象"遥相呼应。

许广平出院回家后，为了照顾她，也为了海婴不受香烟的熏呛，鲁迅将工作从二楼搬到了一楼。但不论再忙，他每天也要花一点时间去抱一抱海婴，和儿子嬉戏一番才继续工作。这个在革命中斗志昂扬的男子，在他的家庭生活中越来越表现出柔情的一面。

1932年11月，鲁迅为探母病而再次北上。儿子刚出生不久，许广平仍旧未能同行。鲁迅这次回京探亲用了二十一天，这期间他给许广平写了七封信，而许广平给他写了十一封。尽管海婴已经出生，但这并未影响他们的感情，他们仍旧频繁通信，不过和上次不同的是，他们的通信内容已经不仅仅是对对方的思念，更多的围绕着了儿子海婴。

鲁迅走后，仍旧是许广平先写信给他，信中写道："今午寄出当天的报，狗屁昨日一针，大有效果，除你知的昨十日上午三次便下午针后一次便（但此不能即见效时间太暂也）夜间平安，你去的今早上亦未大便，直至午后便一次，甚厚，似糨糊状，此后直至寝时未再便，今日仍往打针，并开一水药方，嘱明天换，又嘱明天再去，吃物仍为流质，已照办，依情形看，此回不似前回费手，自然我亦加倍小心，因为你不在旁的缘故，但我亦不加倍辛苦勿念。狗屁也问爸爸几次，同他说（我想直说好）去看娘娘病了，他问：娘娘在哪里，我说：个远个远的地方叫北平，他说：啥辰光回来啦，是弟弟困困醒个辰光吧，我说：勿是的，要多多辰光的，他也就不响了。我想你记挂他，就写此几行，以后再谈罢。"

海婴的生活日常是许广平的信中必定要提到的，第二天她又接着写道："今天带海婴到医院，头一个先看，昨日下一次便已有信提及，今早也一次，亦带给医生看，亦打针，说明天仍去，打针否再临时定，看情形是快好的。狗屁甚乖，不似昨天吵讨爸爸的多了，也似乎不十分疙瘩，今日给他三次奶一次鸡汤，另外一些糖，饼，两用人也还顺当，现时似颇听话不必我淘气的样子。……午间冯公来，将书交出，由他写便条托人带去。想其忙甚，手中又带有新出的香烟八罐大约想送你的，知你不在，带回去了，但被狗屁扣留了一罐，他以为凡客人带来的东西，都是给他的，真真要命。我想起北平从前市场上有玻璃盒子的雪景山水树木人物，装成一盒（小的两角钱一盒），颇好看，如有兴致带几盒来，送送书店老板，及山本少爷和狗屁阿菩之流也好的，以其轻而易取，另外旁的北京玩意也好，但非必需，路上不方便就不必带来了，我是因这张纸有空随便谈谈的，这一两天怕你记挂狗屁毛病，所以不依约的写信，寄山以后或疏懒些，不至于打手心吧！"

"狗屁昨日（十三）竟日没有撒屎，仍打一针，医生说：如此稳当些。今早看报，知你的车误点两时半幸而仍能前行，料想三时多可到寓了。今早看医生前，狗屁已大便了，成干团，再成条，成绩甚佳。医生一看，不必打针，并且许可吃粥及鲜鱼，狗屁听见甚欢喜，他说医生好的，御家样不好（看护），因针是她送来的。……这两天给狗屁除牛奶外，添吃鸡汤，今天更添一次粥和鱼，预料你回来时，必已复原加胖，如果没有再生毛病的话。"这期间正巧海婴生病，鲁迅非常挂念，所以许广平每封信里都将海婴的情况讲得很详细，"海婴两日来仍吃粥，今日鸡汤已厌，大便在晚饭后，成硬条，每天一次，大约差不多全好了，医生嘱明天去看，届时当携之往。他晚饭后忽然说"可怜可怜"，问他什么'可怜'，他说爸爸说的'可怜可怜'。问他啥事体'可怜'，他说：糖糖弄到手里，爸爸说：'可怜可怜'，这忽然的记起来述说一番，甚有趣。他日来很乖，也不大钉我，在我旁边，我也能做工，我的做工，连日都是闲空则抄《两地集》。"

因着小人儿生病，鲁迅的思念之情更甚，他几乎每封信都要问道"你及海婴好吗，为念"或是"你们母子近况如何，望告知，勿隐"。尤其是他孤身一人在北京，"北平似一切如旧，西三条亦一切如旧，我仍坐在靠壁之桌前，而只一人，于百静中，自然不能不念及乖姑及小乖姑，或不至于嚷'要PaPa'乎。"

许广平看鲁迅如此挂念，在后来的信中，就把海婴的日常生活写得更加详细生动，"午饭后海婴吵出去，于是携他同二女仆往王处约其女及仆同往广东戏院看中国电影，只买五人票，小洋十五角甚便宜，王和我都觉片不佳，而用人则得意极了，狗屁不肯安坐，幸人少我们独占楼上前排，由他扒来扒去，他是乘（凑）热闹，看戏程度还不够，但回来仍不肯脱鞋袜，说留等明天再看影戏云。夜间困得甚好。……海婴和前几天差不多，精神也好，自己躺在躺椅上装做爸爸，说爸爸回来了，要老娘姨叫他，又命令人问他哪里来的，他就答看娘娘毛病好回来的。昨天午觉困醒吵吃新鲜物事，没有法子，给了两块松子糖给他，他问哪里来的，我说北平娘娘们寄给弟弟吃的，他又问为什么寄给弟弟吃的，我说，因为弟弟乖，他也就非常高兴，快吃完了，就从糖肉拣出松子来集拢，糖给我，说弟弟弗欢喜吃这个。"

　　鲁迅看到这些后非常高兴，海婴生活的画面好像就在他眼前一般。他对海婴的感情极深，甚至还曾因鲁老太太没有把海婴的照片挂在墙上而不满，后来得知了鲁老太太的用意后才释怀："昨得十五日来信，我相信乖姑的话，所以很高兴，小乖姑大约总该好起来了。我也很好；母亲也好得多了，但她又想吃不消化的东西，真是令人为难，不过经我一劝，也就停止了。她和我谈的，大抵是二三十年前的和邻居的事情，我不大有兴味，但也只得听之。她和我们的感情很好，海婴的照片放在床头，逢人即献出，但二老爷的孩子们的照相则挂在墙上，初，我颇不平，但现在乃知道这是她的一种外交手段，所以便无芥蒂了。"

　　海婴的诞生给鲁迅的生活带来了很大的变化，比如他工作时不能被打扰的习惯在海婴这里就轻而易举地被打破了，许广平有时候批评海婴不让他打扰，鲁迅甚至还会出言解围。鲁迅曾斥责国人"只会生，不会养"，现在他自己有了儿子，在孩子的教养问题上自然就格外用心。对于海婴的成长教育，鲁迅采取的态度是顺其自然，为了助长小孩子的天性，对其并不多加干涉和约束。所以海婴的学习生涯非常轻松愉快，鲁迅从不额外布置学习任务。只要海婴完成了学校的功课，就可以尽情玩耍。

鲁迅在夜深人静写文章的时候，有时会遇到院子的猫不停地叫唤，影响他的思路。于是鲁迅就会拿一个装香烟用的空铁盒子扔到楼下去赶猫。海婴也知道父亲的这个习惯，为了方便父亲再次使用，他经常在第二天早晨把盒子捡回来，放回原处。

鲁迅热爱艺术，在写信时也非常讲究。他会根据写信的对象来选择不同的信笺，因此买了很多信笺以供选择。有趣的是，他总是等到海婴放学的时候来挑选信笺写信。海婴后来回忆，只要他看见父亲拿信笺写信，自己就很积极地帮他挑选。当然，年幼的他并不懂得信笺的含义，如果他挑选的信笺图案、内容和鲁迅写信的对象不符合，鲁迅就会委婉地告诉他信笺的含义，跟他商量重选。

上海的夏天非常炎热，那年代连电风扇也没有，海婴常常热得满身起痱子。每当这种时候，鲁迅就自己调痱子药水给海婴涂抹。许广平就在一边为他们扇扇子，一家人其乐融融，好不惬意。

当然，鲁迅虽然疼爱孩子，但并不娇惯。遇到海婴真的淘气时，他就把报纸卷起来打海婴几下。鲁迅给母亲的信中曾提到过，"打起来声音虽然响，却不痛的"。

鲁迅以前一向很讨厌留声机的声响，尤其是在他构思文章时，留声机的声音会对他造成干扰。但因为海婴喜欢，鲁迅特意买来送给他。因为开始买来的留声机没有按照海婴要求的形状、大小，鲁迅还为他一连换了三次。其实这也不算娇惯，只是鲁迅觉得答应了孩子的事情就应该做到。但显然不是所有人都这样想。

鲁迅对海婴的宠爱众所周知，但也因此引来非议，认为他过于溺爱孩子。鲁迅非常气愤，写下一首诗来反驳："无情未必真豪杰，怜子如何不丈夫？知否兴风狂啸者，回眸时看小於（于）菟。"这首《答客诮》体现了鲁迅爱子之情，可以说是他的爱子宣言。当然，这首诗也不仅仅是他回答别人对他爱孩子的讥讽，也是他对革命后代的期望。

他本就老来得子，有些宠爱孩子也并不为过，在许广平还有海婴的身上，这位"横眉冷对"的革命者，一直展现着他柔情似水的一面。鲁迅在给李秉中的信中曾写道："我本以绝后顾之忧为目的，而偶失注意，遂有婴儿，念其将来，亦常惘怅，然而事已如此，亦可奈何，长吉诗云：已生须已养，荷担出门去。只得加倍服劳，为孺子牛耳，尚何言哉。"鲁迅言明，既然海婴已经出生，就该尽心尽力去抚养。在抚养海婴的过程中，喂食洗澡他都亲力亲为，这不过是一位父亲真挚的爱，哪里用得着别人来指责呢？

海婴的出生为鲁迅紧张繁忙的生活带来了许多的乐趣，可以想象，如果没有许广平和海婴的陪伴，鲁迅的生活将会是多么的凄苦。正是由于有了妻子的支持和儿子的陪伴，鲁迅才能够全身心地投入到轰轰烈烈的革命事业中去。

相濡以沫共艰危

鲁迅与许广平

默默守护情意真

鲁迅和许广平在上海定居下来，生活逐渐稳定。他婉拒了教育界的各种邀请，在家专心致志搞文艺创作。

为了响应鲁迅，许广平和几个校友创办了杂志《革命的妇女》，二人的事业相呼应。身为拥有新思想的女性，许广平是不甘寂寞的，她希望能保持经济上的独立，希望能有一份自己的事业。她从小就性格倔强，有自己心底的坚持，之所以拒绝马家的婚姻也是因为不能忍受旧式的婚姻，不能没有自己自由翱翔的空间。于是，她托好友许寿裳介绍一份教育界的工作。在许寿裳的帮助下，很快为许广平找到了一份教职工作。

许广平很高兴，她觉得自己又能继续为革命事业贡献自己的一份力量。她和平时一样，立刻兴冲冲地跑去想要与鲁迅分享她的心情，然而鲁迅却并未像她想得那样高兴，反而有点难过。他沉默了一阵，看了许广平几眼，欲言又止，最后纠结地对她说："这样，我的生活又要改变了，又要恢复到以前一个人干的生活中去了。"听了这话，许广平激动的心情一下子冷静了下来。她之前并未想到这一层，没有想到鲁迅已离不开她的全力支持。她只顾着要做一只翱翔在高空的飞鸟，却忽略了伴侣的寂寞。鲁迅用近乎哀求的语气对她说："你还是在家里不要出来，帮助我，让我写文章吧。"许广平心中非常挣扎，她是多么想要拥有一份自己的事业啊。但她也意识到，一个拥有爱情的家对鲁迅来说是何其重要的。生活中不可能事事都是主角，总需要别的事物来陪衬。一出好的戏剧也一样，一个人的演出总是有些单调。于是，许广平认识到，她不仅仅要做鲁迅情深义重的伴侣，更要做他身边风雨同舟的战友。所以，许广平改变了心意，即使她非常希望能闯出一片自己的天地，但她还是决定留在家中将自己全部的才智都用来辅助鲁迅，不仅做他家庭生活的贤内助，更要成为他事业的贤内助，让鲁迅在革命事业的道路上能够义无反顾地前行。

　　但许广平并不是就此就沦落为一名只在家相夫教子的家庭妇女，即使在家中，她也展现着自己的价值。她与那些封建社会的传统女性不同，在生活中，她是妻子、母亲；但在鲁迅工作的时候，她就俨然变身为他的助理。她替鲁迅誊稿、翻译，帮他邮寄信件，为他出谋划策。她的作用不仅仅是对鲁迅的一种辅助，她在鲁迅背后默默付出的同时，也保持着自身的独立性。蒋锡金《长怀许广平先生》里是这样描写她的："她对自己的婚姻生活是一种牺牲，是一种自愿的牺牲，并不是受了什么恳请或逼迫；作为一个追求独立人格的女性先锋，并不以牺牲为满足。因为牺牲，在某种意义上，就是对自己独立价值的否定。如果是完全的、绝对的否定，就与封建的妇道没有明显的区别了。但许广平毕竟是许广平，即使牺牲的意向已定，仍然要保留她自己的某种独立性。"

在生活上，许广平一直非常细心周到。为了让鲁迅能够全身心投入工作，她承担起了所有的家务。她为鲁迅学习做绍兴菜，合理地搭配饮食，每日的菜虽然简洁却也费了许多心思。鲁迅经常通宵工作，她就每天早上六点起床为鲁迅泡茶、做早餐。许广平对鲁迅的照顾无微不至，还亲自买布料和毛线，为鲁迅缝制衣服和鞋子。甚至煤炭米面用完了，都是许广平自己去买，根本不用鲁迅分一点心。

除了繁重的家务，许广平还成了鲁迅的"私人助手"。鲁迅著书的过程中，她帮他查找资料，购买图书，完稿后再帮他校对；鲁迅有时需要邮寄信件，也是许广平负责到邮局投递的。这些工作看似枯燥，但对于许广平来说，却是一种和鲁迅的交流，乐在其中。鲁迅的文章，许广平都是第一个阅读者，她总能提出一些鲁迅也一时未想到的意见，许广平说："每次文章写完尽给我先看的，偶然贡献些修改的字句或意见，他是绝不孤行己意，很愿意地把它涂改的。"许广平俨然成了鲁迅的全职秘书，从誊写稿件、整理图书到邮寄资料，都由她全权负责。

因着对鲁迅的敬仰和爱慕，许广平总是细心地保存着鲁迅的手稿。鲁迅有的文章甚至都是许广平从废纸篓中拣出来的，比如刊登在1941年11月《奔流新集之一·直入》上的《势所必至，理有固然》。她平时还细心观察鲁迅的生活，并细致地记录下来，这些资料后来经鲁迅修正后，以《片段的记录》收入到《关于鲁迅的生活》中。不得不说，许广平的眼光是相当长远的，她为后世留下了一笔宝贵的财富，为鲁迅研究做出了巨大的贡献。

正是由于许广平的默默奉献，才使得鲁迅能够全身心地创作。鲁迅非常清楚自己能够专心致志工作的背后，许广平到底牺牲了多少。他的内心充满了感激，因许广平小名叫霞，他特意在一些翻译作品中署名"许霞"

来表达自己对许广平的感情。

许广平对鲁迅做出的牺牲和贡献是举足轻重的，正如海婴后来所说："父亲在跟母亲共同生活的十年中，在写作方面所取得的成绩竟超过了以前的二十年，这就是对我母亲自我牺牲所作出的巨大报偿。"

清苦生活共相守

1934年12月9日，鲁迅偶然间买到《芥子园画谱》三集，是上海有正书局的翻刻本，非常难得，鲁迅和许广平都很喜欢。思及与许广平的情谊，鲁迅还在上面题诗一首：

> 十年携手共艰危，以沫相濡亦可哀；
> 聊借画图怡倦眼，此中甘苦两心知。

这首诗表达了鲁迅对许广平的感激与爱恋，是他们风风雨雨一路走来的真实写照。

决定投身于文艺创作后，鲁迅的生活非常忙碌，白天他要参加一些活动，晚上还要接待来访的客人，真正能专心创作的时间都是在后半夜，非常辛苦。

许广平毕竟是女性，没有鲁迅那样的体力，当夜晚鲁迅开始写作时，她就开始休息。但是，每天早晨六点钟，许广平就会准时醒来，为鲁迅准备早点和茶水。当鲁迅忙完了　晚上的工作浑身疲惫不堪之时，看到桌子旁贴心的早点，鲁迅心中的感动溢于言表。革命事业如此辛苦，鲁迅内心也许也会有疲惫不堪、难以为继的时刻，但是只要看到桌旁这些精心准备的餐点，鲁迅无论多么疲惫的心都会立刻得到慰藉，立刻充满了信心与能量。有什么精神动力能比得上自己枕边人的全力支持与付出呢？所以，无论夜晚做了多少工作，无论他有多么困乏，鲁迅也总是在吃过许广平贴心准备的早餐后再入睡。待鲁迅睡去后，许广平就开始繁忙，她要整理鲁迅晚上的文稿，然后还要做家务。两人每天的生活就这样周而复始，然而对这对历经风雨才走到一起的爱人来说，这样的生活是非常难能可贵的。

小海婴的成长也给这个家庭带来了不少乐趣。海婴知道鲁迅起床后有抽烟的习惯，早晨上幼儿园前，他便蹑手蹑脚地来到父亲床前，取出一支烟插入烟嘴里放到鲁迅触手可及的书桌前再悄无声息地离开。鲁迅睡醒后，看着儿子贴心的举动，内心也非常感动和欣慰。海婴放学回家后，他还会特意去留意父亲的烟嘴，然后得意扬扬地等着鲁迅的表扬。如果哪天父亲没有夸他，他还会故意俏皮地去问："今天发现烟嘴里有什么了吗？"

俗话常说，只有家庭幸福稳定没有后顾之忧的男人，才能成就大事业。鲁迅即是如此，有妻儿陪在身边，他沉重的生活也得到了慰藉，能够安心地将全部的精力投入到自己的事业当中。他有时也会忙里偷闲，与许广平一起喝喝茶、聊聊天，有时他们也一起出去散散步、看看画展。他们之间也会像刚刚恋爱的情侣一般，有一些浪漫的约会。为了缓解生活的压力，他们还经常一起看电影，那时物质生活比较贫乏，娱乐消遣很少，看电影无疑是很不错的选择。而且看电影一般是在晚上，对于一直走在革命前沿的鲁迅来说也相对安全。他和许广平都非常喜爱看电影，他们对电影的爱好也非常广泛，不论是纪录片、历史片，还是武打片或是喜剧，他们都会去看，尤其是苏联的电影，他们几乎场场必看。只要是鲁迅觉得对小孩子没什么不良影响的电影，他和许广平也会带上海婴一起去。全家人其乐融融，也算是鲁迅紧张生活中的一大乐趣。

鲁迅定居上海后，专心致志从事文艺革命运动。1928年，他与郁达夫创办了《奔流》杂志。1930年，他又主编《萌芽》《十字街头》《译文》《前哨》等众多文学期刊。他还参加和领导了诸多革命团体，如中国自由运动大同盟、中国民权保障同盟等许多革命社团。他撰写了数百篇杂文，领导文艺工作者同帝国主义、封建主义、国民党政府及其御用文人进行斗争。他为文艺革命运动做出了特殊的贡献，他致力于中外文化交流，还自比"窃火者"，为众多青年作家的成长付出了巨大的心血。

许广平说："从广州到上海以后，虽然彼此朝夕相见，然而他整个的精神，都放在工作上，所以后期十年的著作成绩，比较二十年前的著作生涯虽只占三分之一，而其成就，则以短短的十年而超过了20年。"然而，鲁迅这种努力和抗争的背后却有着不为人知的艰辛。

1933年，随着胡也频、冯铿、殷夫、柔石、李求实五位进步作家被捕，鲁迅也受到了搜捕。4月11日，为了安全起见，鲁迅和许广平搬家到大陆新村九号。这里是鲁迅生命中的最后一处处所，他在这里会见过许多中外名人，如茅盾、瞿秋白、冯雪峰、内山完造、A.史沫特莱等。

新家虽然简陋，但是胜在安静，对鲁迅的写作还是有一定的好处的。

房屋前还有一个小花圃，种植了许多花木；二楼是鲁迅的卧室兼书房；三楼前间是海婴与保姆的卧室；后间是客房，鲁迅后来在这里掩护过瞿秋白、冯雪峰等共产党人。

鲁迅和许广平一向不喜奢华的习气，因此新家的布局十分简单，在饮食穿着方面也同样简朴。他们的时间都用来进行文艺革命，哪有时间来穿着打扮呢。虽然鲁迅和许广平结婚后，在衣着服饰方面也会注重整洁，但是依然不会像一些华而不实的人一样在这方面花费大量的时间。不仅如此，在对待这些事情上，鲁迅甚至是有些偏执的。

他从来都不穿丝绸的衣服，春秋天他穿的是蓝布夹袄，夏天的时候就穿灰布长衫，冬天则是一身黑石蓝色的棉布袍。有一次，许广平为他做了一身毛葛料子的长袍，结果鲁迅一试，觉得衣服滑溜溜的让人不舒服，无论如何都不肯再穿，无奈之下，许广平只好把它送人。鲁迅穿的鞋子也很简单，就是黑色帆布的胶底鞋。这种鞋子大街上随处可见，价格非常便宜，但也缺点多多。且不说鞋子的样式老旧，鞋子本身也并不是很舒适的，夏天捂脚，冬天又不御寒，许广平多次劝说鲁迅换一双好鞋，但他只图方便，怎么也不肯换。

在鲁迅的影响下，许广平也不爱过多地打扮自己，生活得非常朴素。她的衣服都是自己缝制的，有时穿得久的连鲁迅都打趣她，让她去买新衣裳。但许广平体谅鲁迅的挣钱不易，认为他们的钱应该花在刀刃上，应该花在对革命事业的支持上，应该用来资助进步青年和进步刊物。因此，许广平勤俭持家，默默地替鲁迅减少负担。他们的生活虽清苦，但想到节省下来的钱能去做更多有意义的事情，鲁迅和许广平都觉得非常值得。

万世此心与君同

鲁迅与许广平

病魔来袭磨心智

  在大陆新村的日子里，许广平成了鲁迅最为得力的助手。为了支持鲁迅的写作，她多方查阅资料、书籍，她是鲁迅文章的第一个读者与评论者，她为鲁迅抄稿、校对，她认真记录整理和鲁迅的重要谈话，她精心保管着鲁迅的文稿……他们夫妻配合默契，生活虽清苦，却幸福美满。鲁迅的好友，美国女作家A. 史沫特莱曾这样描述过鲁迅和许广平的关系："无论是谁，凡知道他们的人，就知道他们的结合是建立在深深的爱和同志情谊之上的。他的夫人绝不是卧室里一件安适的家具，她乃是他的共同工作者，在某些地方她还是他的左右手。如果离开她，他的生命便不可想象。他纵然在病中和面对死亡的时候，除非有她做伴，他拒绝到任何地方去诊治。……自从我来到中国，我很少或几乎不曾见过男女之间有这样真挚的爱和这样可敬的同志之谊。"

  然而，幸福的日子总是特别的短暂，这种紧密配合、幸福温馨的日子持续的时间还不到三年。由于时代、生活等各个方面的影响，鲁迅的身体大不如从前，一天不如一天。

自从1928年5月鲁迅生了一场大病以后，他的身体便大不如从前，肺结核与肋膜炎等病症一直纠缠着他。他经常发烧、咳嗽，起先吃了药还有好转，但到后来便是服药也不能抑制了。1934年秋，他甚至持续低烧了一个月。在病痛的折磨下，他日渐消瘦。他的颧骨凸起，牙龈也变了形，甚至原先装的假牙也不得不请医生再重新制作。1936年春，他的体重直线下降，只有七十六斤，看上去弱不禁风，他的病情已经开始严重影响他的正常生活。

1936年1月3日，工作到深夜的鲁迅感到肩膀和肋骨异常疼痛。但他没有在意，仍然坚持工作。到3月时，鲁迅的肠胃也出现了严重的问题，食不知味。紧接着，肺病也复发了。3月2日，鲁迅染上了风寒，因肺病喘气困难。鲁迅终于支撑不下去了，开始接受医生的治疗，休养了一段时间。史沫特莱劝鲁迅去国外疗养，但鲁迅却说："环境骤息万变，自己不应该单独远行，还应该留在国内做工，病也可以就地医治。"4月，鲁迅的身体有所好转，他又立刻投入到了工作中。看着鲁迅消瘦的身影，许广平心疼不已。

胡风曾在文章中提到鲁迅忘我带病工作的状态："热度刚被药压下，可以走动的时候，就动手做工。永年炼成的战斗的心和工作习惯使他不知道什么是休养。这对于他底病体是有害的，但夫人也罢，朋友也罢，医生也罢，谁都没有禁止或劝止他的方法。每当热度重新升高了，对他说那是因为工作了的缘故，他总是马上否认。曾经和夫人有过这样的争执：夫人说是做了工所以发热的，他却说是因为晓得什么时候要发热所以赶快把工作做完了的。不知是笑话呢还是真话，后来甚至说出了这样的理论：如果不会发热，当然可以工作，如果会发热，就应该赶快工作。"

但是，他这样的坚持并未很久，因为他的病症越来越严重。5月，鲁迅因身体乏力，已经提不起笔。6月起，他连坐都变得很困难，连始终坚持写的日记都不能坚持了，书信更是没有力气回复。为此他还请人给他刻了一枚图章，印有"生病"二字，在邮递员退信之前，由海婴负责把这个章盖上去。

这年夏天，鲁迅的一位日本朋友增田涉专程从日本来中国探望他，可他竟连陪客人吃饭的力气都没有了，只勉强吃了两口就被许广平扶上楼休息。留下增田涉一人，看着鲁迅瘦弱的背影，不由得为他感到悲伤。

1936年8月，鲁迅的病情愈加严重，他在许广平的陪伴下，又一次来到医院，进行了抽胸腔积水的治疗。9月，他的病已经非常非常重了。此前，鲁迅并未想到病来得如此急、如此快。直至临终前，他还有点不相信自己的病情，问医生："我的病如此严重了吗？"

史沫特莱看到他的身体状况越来越差，特意请来了上海当时最好的一位美国肺病专家托马斯·邓恩为他作诊断。邓恩医生仔细检查后认为鲁迅的肺病非常严重，双肺大部分已烂掉，"倘是欧洲人，五年前就会死掉了"。邓恩医生告诉史沫特莱，说鲁迅的病情之严重，可能已熬不过过年了。他还告诉许广平，鲁迅必定是会因肺结核而死亡的，如若进入到设备良好的外国医院，应该还能活十年左右；但若是置之不理，恐怕撑不过六个月。许广平听了万分担忧，一有机会就劝说鲁迅去国外疗养。但鲁迅总以工作为借口而推脱，许广平为此流了不少眼泪。

听说了鲁迅的病情后，他的许多朋友纷纷写信邀请他去国外疗养，高尔基邀请他去苏联，史沫特莱劝说他去美国，内山完造请他去日本，法捷耶夫邀他到黑海治疗……

然而，倔强的鲁迅并未听从好友的建议，他深知中国的革命事业离不开他，所以仍然坚持工作。他说过："长期离开了自己的祖国，长期居住在国外，正如一棵树，得不到充分的水和十，是很难希望它能够开花结实的。"

随着病情的恶化，鲁迅在心理上也变得越来越脆弱。章太炎《救学弊论》中这样说道："凡学者贵其攻苦食淡，然后能任艰难之事，而德操亦固。"鲁迅受章太炎的影响，生活一直非常清苦，生怕安逸的生活会影响到革命与工作。他和许广平在寒冷的冬天，也只在床上垫上一层薄薄的棉褥，穿着尽量朴素。虽然也有经济等方面的影响，但他更多的还是因为以俭朴固德操的观念。但随着身体状况的变化，他在物质生活上也有所软化，甚至转而批评章太炎《救学弊沦》中的那段话："这活诚然不错，然其欲使学子勿慕远西物用之美，而安守其固有之野与拙，则是做不到的。因为是好事。"

也因此，他对许广平的依赖也越来越多。虽然为许广平的牺牲感到内疚，可他仍然说："广平你不要出去！"尽管他深知男女平等的道理，也了解许广平的性格，知道她热心于那些社会活动，但他还是希望许广平能留在家里照料他的生活——他此时已经离不开许广平的照料了。这些情况都越来越表明了鲁迅身体上的力不从心。

在他刚来上海的时候，他与许广平刚刚开始新的生活，他还可以自信地说："我本来想过独身生活，因为如果有了孩子，就会对人生有所牵挂。可是现在我的思想成熟了，觉得应该像这样生活。"但渐渐地他感到身上的担子越来越重甚至忍不住发牢骚："负担亲族生活，实为大苦，我一生亦大半困于此事，以至头白，前年又生一孩子，责任更无了期矣。"

当然，他这许多的牢骚和不满，都是因为沉重的生活让他觉得疲惫，毕竟他的身子已大不如从前了。面对肩上的重担，他也只能口头上抱怨两句，并没有真的撒手不管。但是不难看出，他正因为越来越差的身体状况而不堪重负，承受力也在逐渐减弱。

对于自己的疾病和衰老，鲁迅内心是非常敏感的，有一些年轻人背地里称他"老头子"，他气愤不已。他也不愿意别人谈论他的病情，"多提示，总不免有些影响"。他在心理上有些回避这个问题，在人前也不肯承认自己病重，但衰老却在生活中显现出来，根本却不会停止。鲁迅自己心里也有预感，自己的生命怕是就要走到尽头了。1936年5月，鲁迅看到了瞿秋白的遗作《海上述林》，对许广平说："这一本书，中国没有这样讲究地出过，虽则是纪念'何苦'（按：瞿秋白别名），其实也是纪念我。"

人在感到年老的时候，往往容易回首从前，鲁迅也不例外。他回首往事，想到还有许多未完成的心愿，但时日无多让他的内心倍感悲痛。1933年6月，他吃着小时候喜爱的食物，却觉得不是滋味，觉得味道大不如前，他为此感慨道："东西的味道是未必退步的，可是我老了，组织无不衰退，味蕾当然也不能例外。"话语中透出了他低迷的情绪。

1936年的2月到4月间，只要还有一丝力气，鲁迅就从病床上起来写文章，他写了《我的第一个师父》《这也是生活》《死》《女吊》四篇文章。这些文章是鲁迅对自己一生的总结，是他感到衰老、感到生命快要到终点的感悟，是他生命中最后的批判。他自己知道自己的情况，心境也产生了变化，他在《这也是生活》中写道：

有一些事，健康者或病人是不觉得的，也许遇不到，也许太微细。到得大病初愈，就会经验到；在我，则疲劳之可怕和休息之舒适，就是两个好例子。我先前往往自负，从来不知道所谓疲劳。书桌面前有一把圆椅，坐着写字或用心的看书，是工作；旁边有一把藤躺椅，靠着谈天或随意的看报，便是休息；觉得两者并无很大的不同，而且往往以此自负。现在才知道是不对的，所以并无大不同者，乃是因为并未疲劳，也就是并未出力工作的缘故。

《这也是生活》写得非常耐人寻味，这是他对人生的新的领悟，究竟什么是生活？他写道：

> 有了转机之后四五天的夜里，我醒来了，喊醒了广平。
>
> "给我喝一点水。并且去开开电灯，给我看来看去的看一下。"
>
> "为什么？……"她的声音有些惊慌，大约是以为我在讲昏话。
>
> "因为我要过活。你懂得么？这也是生活呀。我要看来看去的看一下。"
>
> "哦……"她走起来，给我喝了几口茶，徘徊了一下，又轻轻的（地）躺下了，不去开电灯。
>
> 我知道她没有懂得我的话。
>
> 街灯的光穿窗而入，屋子里显出微明，我大略一看，熟识的墙壁，壁端的棱线，熟识的书堆，堆边的未订的画集，外面的进

行着的夜，无穷的远方，无数的人们，都和我有关。我存在着，我在生活，我将生活下去，我开始觉得自己更切实了，我有动作的欲望——但不久我又坠入了睡眠。

面对似乎越来越近的死亡，鲁迅非常坦然，干脆还用《死》做了文章的题目。《死》的通篇都表达着他对死亡的无所谓。他对死亡想得很少，"有一批人是随随便便，就是临终也恐怕不大想到的，我向来正是这随便党里的一个。"

他对死亡做了种种设想，既不回避，也不设法改变这种结果。《死》发表后，他去拜访一位日本朋友鹿地亘，和他一直在谈论死的问题，鬼怪幽灵，他们讲得兴致勃勃。他曾在散文写过："想到生的乐趣，生固然可以留恋；但想到生的苦趣，无常也不一定是恶客。"

有人觉得《死》写得太过悲哀，他却回答："没有法子想的，我就只能这样写。"当他预感到生命即将结束的时候，他并不恐惧，甚至还有些淡然："从去年起，每当病后休养，躺在藤躺椅上，每不免想到体力恢复后应该动手的事情：做什么文章，翻译或印行什么书籍。想定之后，就结束道：就是这样罢——但要赶快做。这'要赶快做'的想头，是为先前所没有的，就因为在不知不觉中，记得了自己的年龄。"

鲁迅的这种淡然，不由得让人觉得有些悲痛，不知道许广平看到这篇文章会有怎样的心情，大概总是会泪流满面的吧。

鲁迅病重后，许广平身上的压力一下子多了许多。她不仅要做烦琐的家务，照料海婴的生活，还要看护照顾生病的鲁迅。她每天按时按量给鲁迅服药，观察记录他身体的情况，还要绞尽脑汁地做一些鲁迅可以吃得下的食物，无微不至。为了让鲁迅安心休养，她承担了接待、邮寄信件等工作。

这段时期，许广平深受身体疲劳与精神痛苦的双重压力，迅速地消瘦。她整日忧心忡忡，但又故作坚强，以安抚鲁迅的情绪。但遗憾的是，鲁迅的身体并没有好转。

1936年10月18日凌晨，天气转凉，鲁迅的气喘病突然发作，喘不上气，还咳嗽不停。鲁迅十分痛苦，但他很坚强，一直坚持到清晨六点，还支撑着写下了一封短信给内山完造，让许广平带到内山书店。内山完造为他请来了两位日本医生，但是鲁迅的肺已经破裂，根本无法治疗。鲁迅一直不停地喘着，话也说不出，汗流不停。他只能那么静静地倚靠在椅子上，又辛苦地撑了一天。医生用尽各种办法，都不能减轻他的痛苦，缓解他的病情。

许广平在旁边帮他擦汗，他用他仅有的力气紧握着她的手，在他生命的最后时刻，这个给他带来了爱情和新生活的女人始终陪在他的身边，给他最后一点力量。自从他们相识相知，两个人已经这样携手度过了无数个难关，这一次，他们的手仍然紧紧地握在一起。但第二天凌晨六点，鲁迅终于还是没有挺过这一关，永远地睡去了。

在生命的最后一刻，鲁迅紧握着许广平的手，与她做了最后的告别："忘记我，管自己的生活！"

与世长辞全民哀

1936年10月19日5时25分，鲁迅在上海大陆新村的寓所中逝世，享年五十六岁。

他的一生，正是"横眉冷对千夫指，俯首甘为孺子牛"，鲁迅"垂老不变的青年的热情，到死不屈战士的精神，将和他的精湛的著作永留人间"。

鲁迅逝世的那天早上，海婴正要起床上学，他却发现家中的气氛很奇怪，和往常不一样。家里来了很多人，也没有人催他去上学。一直照顾他的阿姨还让他穿好衣服后暂时不要下楼。但孩童的好奇心让他悄悄来到楼下，他看到屋子里来了许许多多的人，屋里屋外全都站满了人。当他来到母亲身边时，看到父亲躺在不远的床上一动不动，好像睡着了一样。而母亲却红肿着眼睛，拽着他，不让他过去，他渐渐地明白过来——他永远失去了父亲。

鲁迅的屋子中非常安静，沉痛的气氛弥漫在四周，仔细听还有压抑的哭泣声。得知鲁迅去世的消息，宋庆龄、胡风、冯雪峰、内山完造、史沫特莱、周建人等许多亲朋好友纷纷赶了过来，静静地哀悼。有一位日本雕像家来给鲁迅做石膏面模，石膏材料把他的眉毛和胡须粘下来了一些，正好被海婴看到，心疼不已，他想："怎么把我父亲的眉毛和胡子生生地拔了下来？"鲁迅去世时并没有戴假牙，这个石膏面模便做得两腮凹陷，和鲁迅的模样有一些区别。这个面膜后来被做成石膏的头像，现在还挂在上海鲁迅纪念馆。

鲁迅，这个中国文学界的领军人物，这个为祖国的自由与进步奋斗了一生的伟大先驱，留下了不朽的作品，却也留下了自己的妻儿，永远地离开了人世。

鲁迅并没有留下正式的遗嘱，但他在《死》中写过类似的几条：

一、不得因为丧事，收受任何人的一文钱。——但老朋友的，不在此例。

二、赶快收殓，埋掉，拉倒。

三、不要做任何关于纪念的事情。

四、忘记我，管自己生活。——倘不，那就真是、糊涂虫。

五、孩子长大，倘无才能，可寻点小事情过活。万不可去做空头文学家或美术家。

六、别人应许给你的事物，不可当真。

七、损着别人的牙眼，却反对报复，主张宽容的人，万勿和他接近。

这七条"遗嘱"也许并不能代表鲁迅的全部嘱托，但却代表他对自己人生的重要总结。

许广平和周建人、宋庆龄及冯雪峰等人一起成立了治丧委员会，由蔡元培、许寿裳、周建人、沈钧儒、茅盾、胡愈之、胡风、内山完造、史沫特莱、曹靖华、萧三等人组成。

10月19日10点，鲁迅的遗体被送到了万国殡仪馆。殡仪馆门前悬挂着黑色的横幅，上面写着"鲁迅先生丧仪"，墙壁上挂着鲁迅的遗像。礼堂中间摆放着鲁迅的遗体，周围布满了鲜花，庄重肃穆。殡仪馆吊唁的大厅和走廊，到处都挂满了挽联。大厅外的空地上也拉起绳子挂满了挽幛。到处是一片素白，好不哀伤。在为期三天的公开吊唁中，前来瞻仰鲁迅遗容的群众络绎不绝，工人、学生、作家、学者、报童、小贩、人力车夫等等各行各业、各界人士将近万人。

据不完全统计，在这短短的三天中，留下签名的哀悼者共计七千四百七十人，留名的团体共一百五十六个。还有没有留下姓名的群众，数量之多，不可估计。许多来与鲁迅告别的人以前并未见过鲁迅，但鲁迅的事迹已经深入人心，他们被鲁迅的精神所打动。

20日，许广平同宋庆龄等人为鲁迅选定了位于虹桥的万国公墓。21日下午三点，在万国殡仪馆举行大殓。22日下午出殡前，万国殡仪馆门早已排满了长队。作为送葬队伍前导的是司徒乔画的鲁迅巨幅遗像，治丧委员会的宋庆龄、沈钧儒、蔡元培和巴金、萧军等几位作家扶着鲁迅的灵柩上了灵车。送葬队伍迈着沉重的步伐缓缓前进，沿途有许多群众自发加入进来，送葬的队伍越来越长。队伍浩浩荡荡，场面非常壮观。

鲁迅的葬仪在万国公墓举行，由蔡元培主持，宋庆龄、田军、章乃器、邹韬奋、内山完造等人讲话，胡愈之致哀辞，号召大家延续鲁迅的精神，继承他的遗志，为祖国的革命事业继续奋斗。伴随着哀乐，宋庆龄和沈钧儒将一面绣着"民族魂"的白绸旗子覆盖在了鲁迅的灵柩上。人群在暮色中默哀，向这位革命的先驱做最后的告别。人们唱着吕骥和冼星海临时为鲁迅谱写的《安息歌》："愿你安息，安息！愿你安息，安息，安息在土地里……"

鲁迅下葬的那天，许广平写下了感人至深的墓偈，在场的人听到无不动容。她这样念道：

鲁迅夫子
悲哀的氛围笼罩了一切，
　　我们对你的死，有什么话说！
你曾对我说：
"我好像一只牛。
　　吃的是草，
　　挤出的是牛奶、血"
你不晓得，什么是休息，
　　　　　　什么是娱乐。
工作，工作！
死的前一日还在执笔。
如今……
希望我们大众

锲而不舍，跟着你的足迹。

　　不只在上海，全国各地的人们都在为鲁迅的逝世而哀悼，甚至在日本、苏联等地也在为鲁迅的离世而惋惜。许多不能来参加葬礼的好友纷纷发电报来表达哀思。鲁迅的同学、知己许寿裳在北京一听说他逝世的噩耗，顿时失声痛哭。他说："这是我生平为朋友的第一副眼泪。鲁迅是我的畏友，有三十五的交情，竟不幸而先殁，……我没法想，不能赶去执绋送殡，只打了一个电，略云：'许景宋夫人，豫才兄逝世，青年失其导师，民族丧其斗士，万分哀痛，岂仅为私，尚望善视遗孤，勉承先志……'"

　　许多人为纪念鲁迅，写下了许多动人的篇章。胡风的散文《悲痛的告别》对鲁迅进行了高度的赞扬，他在文中呼吁大家继承鲁迅的遗志继续奋斗，他写道："朋友们，兄弟姊妹们，让我们的爱心，我们的悲痛，我们的仇恨融合在一起罢。先生所开辟的道路开展在我们的前面，先生所画出的仇敌围绕在我们的周围，只有用先生的打得退明枪耐得住暗箭的大无畏的精神，才能够继承先生底志愿。朋友们，兄弟姊妹们，凭着我们的爱心我们的悲痛我们的仇恨所融合起来的伟力，在不远的将来，先生的理想要在祖国的大地上万花烂漫地实现。那时候我们再来哀悼先生的眼泪里面，就会混合着狂热的气息了。"

　　臧克家为纪念鲁迅，写下了著名的诗《有的人》，这是诗总结了鲁迅的高尚精神：

　　有的人活着，

　　他已经死了；

有的人死了，

他还活着。

有的人

骑在人民头上："呵，我多么伟大！"

有的人

俯下身子给人民当牛马。

有的人

把名字刻入石头，想"不朽"；

有的人

情愿作野草，

等着地下的火烧。

有的人

他活着别人就不能活；

有的人

他活着为了多数人更好地活。

骑在人民头上的

人民把他摔倒；

给人民作（做）牛马的

人民永远记住他！

把名字刻在石头上的

名字比尸首烂得更早；

只要春风吹到的地方

到处是青青的野草。

他活着别人就不能活的人，

他的下场可以看到；

他活着为了多数人更好地活着的人，

群众把他抬举得很高，很高。

　　鲁迅去世了，但他为整个中华民族做出的贡献却永远地留了下来。他是所有人的榜样，激励着人们为了中华民族的解放做斗争！

真情思恋恒久远

　　许广平自和鲁迅相识相知后，便几乎形影不离，即使有段时间分隔两地，但他们也日日通信，关系亲密不已。但如今，鲁迅撒手人寰，许广平形单影只，内心悲痛万分。她看着和鲁迅生活的地方，回想着和鲁迅在一起的点点滴滴，日日以泪洗面。但想到年纪还小的海婴，想到鲁迅未完成的事业，许广平渐渐振作起来，沿着鲁迅已走过的道路，继续向前进。

　　1936年10月，鲁迅与世长辞后，许广平化悲痛为力量，决心要坚守鲁迅生前的信念，完成鲁迅的还未完成的事业。

　　她留在上海整理鲁迅的遗稿和遗物，她说："我这一个家，丝毫没有贵重的物品。在有些人眼里是看不起的。但我把这里的一桌一椅，一书一物，凡是鲁迅先生留下来的，都好好地保存起来。"她为鲁迅上海故居的恢复及鲁迅遗物的保管做出了巨大的贡献。

1937年4月，她将鲁迅在1934至1936年间的十三篇杂文编成《夜记》并出版。还收录鲁迅最后一年里创作的杂文三十五篇，出版为《且介亭杂文末编》。1938年4月，许广平编辑了《集外集拾遗》。同年8月，她和胡愈之、郑振铎等二十人，以"鲁迅纪念委员会"的名义，一同组成了"复社"，出版了《鲁迅全集》（二十卷本，共计六百万字）。

　　就这样，许广平继续鲁迅的事业，为研究和保卫鲁迅的资料贡献出了毕生的精力。她作为鲁迅的战友和夫人，一直受到人们的敬重。

　　许广平在悲痛之余，还要照顾年纪尚小的海婴。除此之外，她还没有忘记鲁迅远在北京的家。

　　鲁迅在世时，许广平为了照顾鲁迅的生活起居，为了让鲁迅全身心投入到革命事业中，她辞掉工作，做出了巨大的牺牲。但此时鲁迅突然离世，许广平就一下子没有了经济来源，只能靠鲁迅著作的微薄版税来维持生计，生活非常拮据。鲁迅的母亲鲁老太太还健在，白发人送黑发人，鲁迅的去世对她的打击颇大。许广平不顾自己的丧夫之痛，还要竭尽全力安抚鲁老太太。除了精神上的安慰，许广平还要从本就不多的稿费中拿出生活费寄给老太太。许广平的举动让鲁老太太备受感动。尤其是鲁老太太在北京过得并不算好，二儿子周作人也很少会顾及她。宋紫佩在1937年2月25日给许广平信中说："闻旧历新年迄今，八道湾竟无一人来探望太师母。"在这样的对比之下，许广平的孝心就更显得珍贵。

　　许广平还曾一度想要回到北京和鲁老太太一起生活。鲁老太太自然万分高兴，但是想到鲁迅二弟周作人夫妇对许广平的排斥，未免许广平受委屈，只好心不甘情不愿地劝许广平不要来。她在1937年4月12日给许广平的信中说："我虽然很想见你和海婴的，但我真怕使你也受到贤桢他们一样的委曲，大太太当然是不成问题的。不过八道湾令我难预料。"

鲁老太太去世后，许广平还不忘照顾独自在北京的朱安，仍旧定期寄生活费给她。朱安也非常感激许广平，她曾拒绝接受周作人的钱，却愿意接受许广平汇寄的生活费，她说："您对我的关照使我终生难忘。您一个人要负担两方面的费用，又值现在生活高涨的时候，是很为难的。"1947年6月29日，朱安病逝于北平。许广平还汇钱为她办了丧事。临终时，朱安因着对许广平的感激，将两块心爱的衣料转赠给了许广平，她说："周先生对我并不算坏，彼此间并没有争吵，各有各的人生，我应该原谅他……许先生待我极好，她懂得我的想法，她肯维持我……她的确是个好人。"

许广平不仅在经济上支持朱安，也对她的身世和遭遇深表同情。朱安去世后，许广平曾在一篇散文里写道："鲁迅原先有一位夫人朱氏……她名'安'，她的母家长辈叫她'安姑'。"不管别人怎样看待朱安，许广平对她都是毫不介怀的，她的做法可以说是问心无愧的，不说其他，至少她在自己的文章中为朱安留下了姓名。

不论是工作事业，还是家庭生活，鲁迅没有能够完成的，许广平用毕生的精力，都替他一一完成了。

1946年10月，鲁迅逝世十周年，许广平写了一篇《十周年祭》，回忆当年：

> 呜呼先生，十载恩情，毕生知遇，提携体贴，抚盲督注。有如慈母，或肖严父，师长丈夫，融而为一。呜呼先生，谁谓荼苦，或甘如饴，唯我寸心，先生庶知。

许广平将他们的情感包藏在这诗文之中，表达着对鲁迅的无限爱恋与怀念。

他们从相识相知，经历了许许多多的苦难，遭受到了许多非议。但不得不承认，许广平以她自身的光芒告诉了世人，她足以站在鲁迅的身旁。也只有她，才能以平等的姿态，守在他的身边，创造出别人无法取代的成就。